東告雨的蝴蝶夢

死者如是說

真實從來就不需要被相信，
只有不真實的東西才會需要你的相信。

對任何一個活人來說，死亡都是難以理解的謎團。
你無法在還存活著的狀態下經歷真正的死亡，
因此也唯有死亡已經在你身上直接發生，你才會明白這到底是怎麼一回事。
而「死亡」正是本書所要說的故事，一個在我身上直接發生的故事。

東告雨 著

目錄

序 005
墓誌銘 009
檢察官 011
肉體的死亡 017
覺知 029
你是誰 041
自我介紹 047
範圍界定 057
核心概念 063
過敏反應 095
過敏原 117
密室 137
轉折點 153
自體免疫 165
困獸之鬥 189
真正的死亡 209
恐懼 225
夢境滅去 237
不可逆的真實 249
實相 259
大圓鏡 271
存在的運動定律 283
覺知的內容 293
覺知的分類 313
常無常 325
日落 343

序

這不是一本小說─事實上，這是一份結構嚴謹的實驗報告書。也就是說，我做了個實驗，並且在得到最終的實驗結果後，將之整理成為了一份詳細的報告書。

嗯，這就是本書的緣起。

不過，在這個實驗剛剛完成之後的很長一段時間，我其實都沒有想起是不是該來好好做個整理。究其原因，大概是由於這個實驗實在耗時冗長，而且困難重重，以至於我在完成全部的實驗後便燃盡所有，並進入了一種徹底的休息狀態。直到我重新回顧整個過程，再將之形諸文字，已經又過了七、八個年頭。

現在想來，我從小就喜歡做各式各樣的實驗，因為實驗是種解謎的過程，而我十分討厭未知。說討厭或許還太客氣了點，對於未知，我是近乎難以忍受。那麼這種難以忍受究竟是嚴重到什麼程度呢？我也許得舉一些例子好讓你明白。

比如說，對未知的難以忍受會造成我的失眠，即使當時的我只是個還沒有超過十歲的小孩。記得我失眠的那天，是因為學校老師在上數學課時雞婆地提了個超出我們課程進度一大截的高年級問題。老師的目的並不是要我們真正解開這個題目，只是要藉此告訴我們數學的世界非常廣闊，以後還有許多需要學習的部分。可是，從我看見這道一時之間似乎無解的題目開始，它就像詛咒般烙印在我的腦海揮之不去。白天匆匆結束，在爸媽趕著我上床去睡覺時，我卻還是遲遲未能擺脫這個天殺的數學題目。於是我只好在被窩裡和它繼續奮戰，直到經過反覆檢視，我終於肯定自己已經找到了解開它的正確答案為止。隔天我把我的答案跟老師再做確認，接著就不免俗地受到了一番讚賞。然而我真的不是為了想要這種虛榮的快感而徹夜未眠，我充其量就是不得不把哽在喉嚨的魚刺拔出來而已。這是其中一個例子。

而對未知的難以忍受也曾經造成我的噁心想吐，這又是怎麼回事呢？小時候我家就在鐵路旁，當年還養了一隻名叫小花的狗。這本來是乍看毫不相干的兩件事，但某一天它們卻合而成為了一件事，因為我的小花被火車撞死了。這應該是我有生以來第一次近距離感受到的死亡，不過我一開始也不知道發生了什麼事，只是看到一堆大人正圍在鐵軌邊上低著頭，所以就好奇地走過去看看。突然映入我眼簾的是一堆支離破碎的爛肉，大大小小的屍塊噴得到處都是。我頭皮一陣發麻，然後認出了那就是我的小花，只有我的小花才有這種花紋。暈眩的不舒適感瞬間襲來，我覺得噁心想吐，而且全身打冷顫。我從未體會過如此令人反胃的感覺，實在太不舒服了。這真的是我的小花嗎？牠怎麼變成了這個樣子？牠在正要被火車撞到的時候會不會很害怕？牠眼中最後看到的是什麼呢？牠現在還會痛嗎？牠還在嗎？還是牠不在了？那眼前這堆東西又是什麼？這個突如其來的狀況當真嚇到了我，可是我卻絲毫沒有想要轉身逃開的念頭。我不理會身體持續傳來各種不舒服的感受，就這樣定在原地。我無法撇過頭不去看，因為我一點也不了解現在到底是發生了什麼事，如果我逃開，我就更不可能了解了。對未知的難以忍受就是用這種方式從小不斷地找我麻煩。

我想你的人生中也曾經或多或少出現過一些對未知的困惑吧，但我猜你的困惑大概不至於會如此這般地頻頻找你麻煩。可我卻是無法逃開。人生的謎團就如同鬼魂緊緊纏著我不放，除了想盡辦法把它解開之外，我無處可逃。這個實驗我是非做不可的，而且我也已經把它確確實實地完成。

為了讓這份完成後的實驗報告書比較容易閱讀，我將它寫成一種兩個人的對話體。兩個人的其中之一就是我，而另一個人則是代替了你來發問的檢察官。實驗以倒敘的方式陳述，換言之，實驗的結果在一開始就先說了，然後再從頭開始抽絲剝繭。遺憾的是，你並不可能只是讀完這份實驗報告就能夠確認它的真偽，因為做完了實驗的人是我而不是你。唯有在你自己已經親身動手完成了這整個實驗之後，你才會見到它真正的答案。

墓誌銘

一切都結束了。現在我躺在這墓碑底下，再也沒有可能活過來。

——此人生於時間開始之處，卒於時間終止之處

死亡是個臨界點——你要嘛是個活人，要嘛是個死者。我想你應該是個活人吧，而我是個死者，一個再也沒有可能活過來的死者。

對活人來說，死亡是難以理解的謎團——誠然如此，你無法在還存活著的狀態下經歷真正的死亡，因此也唯有死亡已經在你身上直接發生，你才會明白這到底是怎麼一回事。然而死亡是一種不可逆的反應，一旦你成為真正的死者，你就再也無法活過來了。活人可以變成一個死者，死者卻再也無法變回一個活人。

這就是在我身上發生的事。

檢察官 at 1:00 PM

天空晴朗無雲，陽光溫暖灑落午後的墓園。我在我的墓前低頭緬懷早已找不到任何痕跡的自己，娑婆世界正是個無邊無際的廣闊墓園。

一個陌生人向我走過來。

「我可以請教你一件事嗎？」陌生人說。

「好啊。」我隨口答應。

「請問你認不認識這位叫做東告雨的先生？」他指著我的墓碑問道。

「嗯，東告雨就是我本人。」我回答。

「你就是東告雨？怎麼會呢！」他訝異地看著我。

「為什麼不會，難道你認識我嗎？」我說。

「喔不，我不認識你。我其實是一位檢察官。因為據報這裡發生了一起離奇的死亡事件，所以我才來調查的。」他向我解釋，「雖然在一般的情況，如果有人自然死亡或是病死，只要由醫師直接開具死亡證明書即可。但若是非病死或可疑為非病死的特殊情況，那就得由檢察官負責相驗死因了，因此希望你能夠協助我的調查。」

「好，沒問題。」我爽快地說。

檢察官從口袋中拿出紙筆。

「你便是這起死亡事件的當事人？」他似乎開始詢問了。

「嗯，死亡的正是我本人。」我回答。

「死亡的正是你本人，這麼說豈不是十分不合理嗎？」他一開始便咄咄逼人，「你看起來可一點也不像個幽靈或鬼魂。」

「不會啊，這完全沒有任何不合理之處。」我回答，「關於我的死亡，其前因後果一清二楚，來龍去脈毫不含糊—畢竟我眼睜睜看著它發生了，死亡就只是發生了而已。既然它已經發生，那又有何不合理可言。你之所以會覺得不合理，只是由於你並不了解真正的死亡到底是怎麼一回事罷了。」

「我不了解死亡是怎麼一回事？」他睜大眼睛。

「看來正是如此，還是你想說其實自己是了解死亡的嗎？」我反問他。

「應該說這不只是我個人的了解吧，人類文明長久以來對於死亡的研究探討雖然仍在進行中，但至少死亡的基本定義是已經受到眾人認可了。」他斬釘截鐵地說。

「那麼請問你所謂受到眾人認可的死亡又是如何定義的呢？」我問他。

「死亡在醫學或法律上是藉由心肺功能喪失以及腦死來進行認定的，」他回答，「或者這也可以簡單說明為有機體生命活動和新陳代謝的終止。所以既然你的心肺功能並未喪失，也沒有腦死，你怎麼可以說自己已經死了呢？」

「嗯，我大概了解你的意思了，我想你的見解或許可以簡化為：肉體的死亡也就是死亡，是嗎？」我說。

「從醫學以及法律的觀點來說—是的，所謂死亡指的正是肉體的死亡。」他回答，「除非你是要談靈魂的問題，但那已經屬於宗教或哲學的領域了。」

「不，我們既不是要談醫學、法律的觀點，也不是要談宗教、哲學的觀點，我們要談的就只是真實而已。」我對他說，「檢察官的工作不就是要找出何為真實嗎？」

「當然了，在尚未確認何者為真之前，我都不會停下尋找的腳步。」他信誓旦旦地說。

「說得好，那我們現在就先來解決你的第一個問題吧。」我這樣建議，「至於靈魂，我們稍後再來處理。」

「第一個問題？」他露出不解的表情。

「是啊，第一個問題—肉體的死亡是死亡嗎？」我提醒他。

「難道不是？」他愣了一下。

「當然不是，肉體的死亡並非真正的死亡。」我說。

肉體的死亡

at 1:05PM

一九九三年，日本人鶴見濟寫了一本爭議十足的書，書名叫《完全自殺手冊》。書中圖文並茂介紹了各種類型的自殺方式—藥物自殺、上吊、跳樓、割腕、刎頸、撞車、瓦斯中毒、觸電、投水、自焚以及凍死等等，林林總總弄死自己的方式可謂一應俱全。此書的繁體中文版於一九九四年上市，但不久旋即被禁，時至今日，此書仍屬禁書。

然而這本書被禁止販售其實是完全沒有必要的。首先，這個肉體就算你不對它做任何事，它最後也一樣會死去。一本教你如何把這個肉體殺死的書，只是在教你一件你原本就會，根本不需要學習的事。再者，雖然這本書名為《完全自殺手冊》，但是在「將自己殺死」的這個目標上，此書實際上卻是完全失敗了。將這個肉體殺死，充其量也就是造成了肉體狀態的改變而已，這與《完全剪指甲手冊》，或《完全刮腿毛手冊》並沒有任何本質上的不同。肉體狀態的改變，不論其改變幅度是大是小，都與真正的死亡無關。

「肉體的死亡不是真正的死亡？」檢察官一臉狐疑。

「不是，那只是肉體狀態的改變而已，與真正的死亡無關。」我回答。

「但你不是說現在不是在談宗教或哲學的觀點嗎？」他提出抗議，「既然如此，肉體的死亡何以不是真正的死亡了？」

「這確實不是在談宗教或哲學的觀點，我們在談的就是真實。」我說，「我倒是想請教你，從真實的觀點來看，你又是如何能夠確認肉體的死亡就是真正的死亡了呢？」

「當一個人的生命活動和新陳代謝完全終止後，他的肉體便會開始腐爛分解，接著化為一堆白骨，然後消失於無形。從此，這個世界裡就再也找不到這個人的存在，難道這樣的他還不算是真正死亡了嗎？」他義正辭嚴地回答。

「你說的應該只是在你的世界裡找不到這個人的存在吧。」我說。

「在我的世界裡？」他皺了一下眉頭，「什麼意思，這有什麼差別嗎？」

「當然有差別，這可是真實與不真實之間的巨大差別。」我回答，「在尚未確認何者為真之前，你都不會停下尋找的腳步──你是這麼說的，沒錯吧？」

「是啊。」他點點頭。

「好，那麼請問，你要如何才能確認某件事到底是不是真實的呢？用假設的可以嗎？用推測的可以嗎？還是只要用相信的就可以了呢？」我問道。

這個問題似乎觸發了他身為一位檢察官的敏感神經，於是他停下來仔細斟酌。

我決定推他一把，「對於未能親身經歷的事物，你能夠確認它們是真實無誤的嗎？」

「呃，嚴格來說，我的確無法知道一件未能親身經歷的事物是否為真。」他謹慎地回答。

「嚴格來說？」我沒有打算讓他蒙混過去，「能就是能，不能就是不能。一件事物如果不是全然真實的，它就是不真實的，什麼叫做嚴格來說？」

「不能啦，」他大聲說，「我不能確切知道一件未能親身經歷的事物是否為真啦。」

「所以雖然你認為某個人在你的世界裡早已不復存在，但你其實並不能確認在他自己的世界裡他就不存在了，對不對？」我說。

「在他的世界裡？」

「嗯，在他的世界裡。」

「可是他已經死了啊。」

「不，他是在你的世界裡死了，而不是在他自己的世界裡死了—你只能經歷你的世界，你永遠也無法經歷他的世界。在你的世界裡，你相信了他的死亡，然而他的死亡也就只不過是你一廂情願的認定而已，與真實毫不相干。你推測他的死亡，進而相信他的死亡，但這與確認他的死亡是否為真根本就是兩碼子事。」

真實就是隨時隨地都與你直接面對面的東西，
它從來就不需要被相信。
只有不真實的東西才會需要你的相信，
而那必須依靠相信才能存在的東西恰好就是謊言。
一旦你相信了謊言，
眼前的真實你便再也看不見了。

——死者如是說

「我不——」他似乎有點難以接受這樣的說法，「呃，我不能確認他的死亡是否為真嗎？」

「不能。」我回答。

「那還有誰能確認他的死亡是否為真啊，誰能——」他開始喃喃自語，「總不會是要他自己做確認吧。」

「你說呢？」我反問他。

「不會真是這樣的吧，這怎麼可能！」他氣急敗壞。

「不可能怎麼樣？」我再問一次。

「一個已經死了的人又怎麼能夠確認自己的死亡呢，這不是太矛盾了嗎？」他說。

「對於一個活人——也就是指你——來說，這件事的確十分難以想像；但對於一個死者——也就是指我——來說，這件事只不過是理所當然而已。死亡就只是如實發生了。當某件事在你身上直接發生了時，你既用不著假設，沒有必要推測，也無須相信，它就已經完全被確認了，沒錯吧？」我說。

「是這樣子沒錯，但難道你的意思是，一個人在他的肉體死亡了之後，他的靈魂還能夠繼續存在嗎？所以他才能夠知道自己已經死亡了？」他問道。

「不，這並不是以靈魂的角度在觀看，一個真正的死者是連靈魂也無法擁有的，一個已經死透了的人還能夠擁有什麼東西呢？」我回答，「不過，關於靈魂的問題我們要稍後再來處理，你得先解決完你的第一個問題。」

「肉體的死亡是死亡嗎？」

「沒錯，就是這個問題。」

「可是既然只有當事人自己才有辦法確認此事的真偽，我又如何能夠確認肉體的死亡是否就是真正的死亡了呢？」

「說得也是，你唯有以自己的肉體作為實驗對象才有可能得知此事的真偽，所以現在就讓我先把你的左手臂給砍下來吧。」

「什麼？」他嚇得往後退兩步。

「我說先把你的左手臂給砍下來吧，還是你比較喜歡用《完全自殺手冊》裡面所寫的其他方式呢？」我往前跨一大步。

「哇，一定要這麼做才行嗎？」他慌亂地揮動雙手，看來是不太願意。

禪宗二祖惠可為了向達摩祖師求法，於寒冬中毅然立雪斷臂。只可惜，為了尋找真實而能具備如此出色決心的人，其實也就只有鳳毛麟角罷了。

「好吧，有鑑於你仍然想保住你的左手臂，看來我們也只能採取思想實驗的方式了。」我說，「但首先我還是要當成已經砍掉了你的左手臂，就像惠可於達摩面前自斷左臂一樣。那麼當你失去了你的左手臂後，你就死了嗎？」

他下意識地摸摸自己的左手臂，「即使失去了一條左手臂，只要能夠獲得適當的治療，我想我倒不至於就此死了吧。」

「那就再砍掉你的右手臂。」

「再砍掉右手臂？」

「是啊。」

「唔，就算這樣，我大概還是有辦法可以活下來的。」

「如果把你的雙腿也給砍下來呢？」

「雙腿也—嗯，這可有點過分了，一個沒有四肢的軀體該是多麼詭異啊。話雖如此，但既然有人天生沒有四肢也能夠活著，我就一樣可以。」

「嗯，接著你被麻醉後推到手術室，裝上葉克膜，再開刀取出心臟、肺臟，利用機器取代你原有的心肺功能。那麼你這樣還算是活著嗎？」

「喔，連自然的心肺功能都喪失了，這應該不能算是一種令人覺得愉快的狀態吧。雖然不見得愉快，但只要人工裝置能夠一直順暢地維繫我的生命活動，我就仍然算是活著的。」

「你的命實在很硬呢，所以接下來我們要動一個更大的手術，」我說，「除了大腦以外，你身體的其餘部分都被捨棄了。就像近年美國耶魯大學研究團隊對豬腦所做的實驗一樣，你的大腦被放在裝滿液體的玻璃罐內，靠著先進的維生系統保持活動力。你已經沒有任何來自肉體的感覺，你只剩下意識而已。」

「沒有任何來自肉體的感覺，只剩下意識？」他倒吸一口氣。

「是的，只剩下意識。」我回答。

他皺著眉頭想像這種狀態，然後一步步抽絲剝繭，「雖然沒有任何來自肉體的感覺，但重點是我還有意識。我想只要我還保有意識—不，哪怕是只有任何一點點微弱的覺知存在著，那麼我便可以算是活著的了。」

「只要有任何一點點微弱的覺知存在，你便可以算是活著了嗎？」我問他。

「沒錯，只要有任何一點點覺知存在，我便是活著的。」他信心十足地回答，「除非是完全失去了所有覺知，我才算是死亡了。」

「好，那麼答案不是已經很明顯了嗎？因為你永遠沒有可能完全失去所有覺知，所以肉體的死亡當然不是真正的死亡啊。」我對他說。

「我永遠沒有可能完全失去所有覺知？」他愣住了。

「當然。」我回答。

「怎麼會，只要把維生系統關閉，我放在玻璃罐內的大腦必將死去，那我不就完全失去所有覺知了嗎？」他不同意。

「何以見得？」我說，「這是你親身經歷的真實，還是經由推測而來的相信呢？」

「呃，嚴格來說，這自然只能算是推測啦。」他含糊地回答，「但這是歸因於我們只能以思想實驗的方式來模擬這項結果啊，難不成這一定得親身經歷才能知道嗎？」

「又是嚴格來說，你這位檢察官還真是隨便呢。」我數落他一下，「將大腦放在玻璃罐內的確是思想實驗沒錯，但『覺知永遠都在』則是親身經歷的真實—這根本就不需要用思想實驗的方式來推測，思想實驗只不過是用來提醒你重新去看見這個真實而已。」

「重新看見這個真實？」

「嗯。」

「覺知永遠都在？」

「沒錯。」

覺知

at 1:15PM

對於他人的死亡，你所存有的只是一種推測；
對於自身的死亡，你亦未曾有過真實的了解。
肉體的死亡並非真正的死亡，因為——
是覺知將肉體涵蓋在內，而非肉體將覺知涵蓋在內。
只要覺知存在著，你就具備了可以存在的基本條件，
而覺知——永遠都在。

——死者如是說

人的身體由各式各樣的元素排列組合而成，心靈也是。這個世界從來沒有兩個人百分之百完全相同，只要身心的組合方式稍有變化，人就會呈現出各種截然不同的樣態。以我的身體為例，它就有著與別人不太一樣的個性。比如說，一般人的心臟大概會保持在一種有規律的跳動頻率，但我的心臟卻不會。它似乎只懂得不規律的跳動方式，偶爾有規律地跳動時，反而顯得有點奇怪。另外，被我吃下肚的東西，不管是食物或藥物，還

經常被我的身體判定為入侵者，進而觸發免疫系統啟動防衛機制。這種過敏反應，輕微時會表現為身體內外發癢，眼睛、嘴唇紅腫，皮膚起疹子，嚴重時更會因氣管緊縮，而導致呼吸困難。

其中比較嚴重的一次過敏反應，大約發生在我二十五歲左右。那天，因為我女朋友——也就是現在的妻子——在新竹主辦一場大型活動，我去探班，於是晚上我們留宿於當地。可能是晚餐時吃了應該要避免掉的食物吧，才剛回到旅館房間，我便感到渾身不對勁。本來以為只要休息一下子就好，沒想到五分鐘後，我已經整個人難過地蜷縮在床上。我女朋友慌張得不知道該怎麼辦，我只能很快地對她說不用擔心，接著就再也講不出第二句話來。過敏令我的眼睛紅腫到睜不開，胃部也開始痙攣，但最麻煩的還是呼吸問題，我越來越吸不到空氣。

當氣管因過敏而緊縮時，脖子就如同被束緊的繩子套住，呼吸變得異常困難。我弓著身體維持嬰兒待在子宮裡的姿勢，閉著眼專心呼吸。為了獲得空氣，要儘可能用力吸氣，偏偏此刻氣管正處於發癢腫脹的敏感狀態，過於用力又會馬上引起抑制不住的咳嗽，結果空氣不但吸不進肺裡，還會被全部咳出來。這是在與死神拔河，稍有差池便會全盤皆墨。

我像突然被拋到一望無際的大海中央，沉到海裡的我幾乎快要窒息。缺氧危機使我的精神進入高度警戒，完全用不著思考，身心立刻知道此時只剩下一件事情要做─專注在那最後的呼吸上。我試著要再多吸進一點點空氣，但越是掙扎，氣管卻越縮越緊。就在這時候，直覺告訴我不要掙扎了。或許是因為本能地感覺到再掙扎也不會有用，我放棄所有努力，像個已經停止一切動作的溺水者，靜靜等待死亡來臨─時間就這麼駐足在我停下來的一刻。

神奇的是，我並沒有因而昏死過去，不但如此，覺知反倒開始變得越來越明亮，就好像我之前只是一直在睡覺，現在卻忽然醒過來一樣。敏銳的覺知同時伴隨著巨大的安定感，使我得以放心地待在原地，什麼事也不必做。這樣不知過了多久，我的呼吸再次出現，我又回到了旅館房間。

但問題來了，這種安定感究竟是從何而生的呢？直到十幾年後我才找到謎底─其實存在本來就是恆常安定的，只因覺知受到謊言蒙蔽才失去了這種安定的狀態。覺知因為一直戴著面具在照鏡子，所以看不見自己原本的樣子，只要擋在它面前的東西消失了，它就能夠直接見到自身。而一旦覺知直接見到自身，它自然會明白它根本就沒有什麼可獲得的，也沒有什麼可失去的。它既沒有從何處開始，也不會在何處結束，它只是永遠都在。於是這個直接的了知便會產生出安定的力量，這是真實本就具有的力量。覺知理應能夠見到自身，只因謊言的蒙蔽才變得看不見自己。

「覺知永遠都在？難道人從來沒有失去所有覺知的時候嗎？」檢察官提出質疑。

「沒有喔，就像人的精神狀態有時候比較好，有時候比較差一樣，覺知的感受度也是如此—有時候覺知生起時的感受度比較強，有時候則比較弱。比如說，當我用指尖輕輕撫摸你的皮膚時，你的覺知只有微弱地生起，但若是我用力打你一下，你所感受到的覺知則會很強烈。然而不論那生起的覺知多麼微弱，又多麼容易於事後被忽略，完全沒有任何覺知的狀態都是不存在的。」我對他說。

「完全沒有任何覺知的狀態當真不存在嗎？」他一臉不信。

「當然不存在。」我回答。

覺知就是存在的前提與全部，
它既是一，也是一切。
只有覺知，沒有不覺知這種東西；
只有存在，沒有不存在這種東西。
不覺知就是不存在，而不存在並不存在。

就像出生只能在覺知中發生一樣，
死亡也無法在不覺知中發生。
你在覺知中出生，也會在覺知中死亡，
覺知永遠都在。
從來不曾有個在覺知之外的世界存在過，
沒有覺知——也就沒有任何一個存在。

——死者如是說

檢察官陷入沉思，似乎想從經驗與記憶中找到那不覺知的時刻，「睡覺的時候呢？」他猶豫了一下，「或者說，無夢的睡眠狀態呢？在無夢的睡眠時覺知總應該是完全關閉了吧。」

「當某一個覺知關閉時，就代表另外一個覺知生起了，這從無例外，即使在無夢的睡眠中也是。覺知一直都在，所不同的只是覺知生起時的強弱程度以及內容差異而已。」我說，「至於所有覺知完全不存在的狀態—那只是你的想像。」

「覺知完全不存在的狀態只是我的想像？」他皺著眉頭。

「是啊，就像你對死亡產生了與真實不符的想像，完全沒有任何覺知的狀態也一樣只是你的想像而已。」我說，「覺知生滅的速度非常快，而且不僅種類繁多，還強弱有別。微弱的覺知於事後難以憶起而受到忽略並不奇怪，最微弱的覺知甚至在一生起後便立刻被遺忘。但想不起來是一回事，完全沒有任何覺知則又是另外一回事。不然請問你是在什麼時候察覺到自己於無夢的睡眠中可能是完全沒有覺知的呢？」

「在什麼時候察覺到？」他似乎不太理解這個問題的意思。

「嗯，你是在什麼時候察覺到自己可能曾經失去了所有覺知呢？」我把問題再說一次。

「喔，應該是在睡醒了之後察覺到的吧。」他回答。

「所以你不是在當下就察覺到的嘍，那麼睡醒之後的你難道也能夠察覺到自己在睡覺時有翻了幾次身嗎？」我問他。

「咦，這——」他支支吾吾，「我哪能記得我在睡覺時有沒有翻身啊。」

「所以這是代表你想不起來，還是代表翻身這件事從來沒有發生過呢？」我繼續追問。

「呃，」他不情願地說，「應該是我想不起來啦。」

「也就是說，這代表你從未能夠在當下察覺到自己完全失去了覺知，而只是在事後想不起來，對不對？」我微笑看著他。

「在當下察覺到？」他睜大眼睛，「怎麼有可能在當下察覺到自己完全失去了覺知啊。」

「正是如此，」我接著說下去，「你只能在對過去或未來的推測與想像中自以為完全失去了覺知，你絕對無法在當下真的失去所有覺知，因為覺知就是存在的前提與全部。」

「覺知就是存在的前提與全部？」他疑惑地說。

「是啊，」我回答，「只有覺知，沒有不覺知這種東西。不覺知就是不存在，而不存在並不存在。」

「覺知永遠都在」並不是用頭腦去理解的知識或智慧，這只是直接可見的真實，完全不需要經過思考。事實上，正是因為頭腦從未停止進行與真實不符的思考，真實才會被埋沒於五里霧中。覺知理應能夠見到自身，但這卻鮮少發生，對一般人來說，這大概就是終其一生也不會發生的事。覺知一直戴著面具在照鏡子，所以它這輩子理所當然只會在鏡子裡看到面具而已。

「只有覺知，沒有不覺知這種東西？」他不自覺提高了音量。

「當然。」我回答。

「你的這種說法可真是很難讓人相信。」他搖搖頭。

「不，真實與相不相信一點關係也沒有。」我說，「真實從來就不需要被相信，只有不真實的東西才會需要你的相信。覺知永遠都在只是直接可見的真實而已，它就是隨時隨地都與你直接面對面的東西。」

「隨時隨地都與我直接面對面的東西？」他露出懷疑的表情。

「沒錯，覺知在任何時間、任何地點都不可能離開你半步。例如正與我說話的現在，你有沒有感受到任何覺知呢？」我問他。

「現在？」他沒好氣地說，「現在當然有覺知。」

「這就是了，你正與我說話的現在覺知存在著，在其他所有的現在覺知也一樣存在著，所不同的只是覺知生起時的強弱程度以及內容差異而已。」我向他解釋，「不但如此，在你出生前還有死亡後，覺知也毫無疑問存在著。」

「在我出生前還有死亡後覺知也存在著？這什麼意思？」他眉頭越皺越緊。

「就字面上的意思啊，除此之外，並沒有什麼其他深奧的道理需要思考。」我說，「只要覺知直接見到自身，它自然會明白它既沒有從何處開始，也不會在何處結束，它只是永遠都在──真實就是這個樣子的。你之所以會覺得難以理解，只是因為你從來沒有如實見過它原本的樣子。」

「我沒有如實見過真實原本的樣子？」他不太開心地說。

「是的，只要覺知仍然戴著面具在照鏡子，它就不可能看見自己原本的樣子，也就是說真實被掩蓋住了。」我不厭其煩地解釋。

「你是說，我因為一直戴著面具才看不見真實的嗎？」他沒有聽懂。

「不，戴著面具的是覺知，不是你。」我說。

「這有什麼差別，」他說，「不就是一樣的意思嗎？」

「完全不一樣喔，當你站在鏡子面前時，你會從鏡子裡看到什麼呢？」我問他。

「呃，」他小心翼翼地回答，「就看到我自己還有我身旁的景物啊。」

「我就說吧，覺知正是因為一直戴著面具在照鏡子，所以它這輩子只會在鏡子裡看到面具而已啊。」我拍拍他的肩膀。

「面具？不是說我沒有戴著面具，那鏡子裡又哪來的面具了？」他一臉莫名其妙。

「你的確沒有戴著面具，但面具也確實就在鏡子裡，你不是一直看著它嗎？」我說。
「我一直看著它？」他瞇著眼，「哪有？」
「有啊，不然你以為你在鏡子裡看到的到底是什麼東西呢？」我再問他一次。
「就我自己還有我身旁的景物啊。」他脫口而出。
「沒錯，那就是面具啦。」我指著他的臉，「擋在覺知面前的就是你啦。」

一切即一，
一即一切。
去來自由，
心體無滯。

——六祖壇經

你是誰

at 1:30PM

對於你是誰這個問題，你所存有的只是一種概念；
對於覺知是什麼，你也只不過是利用想像在推測。
你以為是你在覺知嗎？不——
是覺知將你涵蓋在內，而非你將覺知涵蓋在內；
是你在覺知中生起了，而非覺知在你之中生起了。

——死者如是說

「我是面具？」檢察官不可置信地說。

「這個問題應該要問問你自己吧，」我反問他，「你是誰呢？」

「我是誰？你不是說我是面具嗎？」他直直盯著我。

「難道別人說你是誰，你便真的就是誰了嗎？你要如何才能確認某件事物到底是不是真實的呢？用假設的可以嗎？用推測的可以嗎？還是只要用相信的就可以了呢？」我再問他一次這個關鍵性的問題。

「不，我無法確認任何一件未能親身經歷事物的真實性，這我已經知道了。」他回答得毫不猶豫，「但這跟我是誰的問題又有什麼關係？」

「當然有關係，」我說，「如果直接面對面就是確認事物真實性的唯一途徑，那麼對於我是誰或你是誰這種問題，你認為究竟有誰能夠給出真實的答案呢？」

「我懂你的意思了，」他很快反應過來，「這就跟如何確認一個人的死亡是否為真是一樣的。我是誰或你是誰這種問題，也是只有當事人自己才有可能找到真實的答案。」

「沒錯，除了當事人自己以外，絕對沒有第二個人能夠替他回答他是誰這個問題，絕對沒有。」我附和他的回答。

「既然這樣，你為什麼要說我是面具呢？你又不是我，怎麼知道我是不是面具？」他提出質疑。

「問得好，你理應如此質疑。」我給他鼓鼓掌，「從一方面來說，我的確無法替你回答你是誰這個問題。但從另一方面來說，我又確實知道你是誰。這兩者並不矛盾。雖然我只能回答我是誰這個問題，可是我在知道了我是誰的當下卻也同時看見了你是誰，因為你其實就是我的投影。如果我不存在了，你也一樣無法存在。」

「我是你的投影？」他一陣目瞪口呆。

「是啊，在我的世界裡，我們的關係正是如此，而在你的世界裡，我們彼此的立場又會互相對調。這就好像我們之間隔著一個隱形的雙面反射鏡，當我看著你時，我看見的其實是鏡中的我自己，而當另一面的你看著我時，你看見的其實也是鏡中的你自己。真實就是這個樣子的，雖然你大概不是這麼認為，但只要覺知能夠直接見到自身，所有的疑惑自然就會消失殆盡。」我向他解釋，「不過話說回來，這些現在都只是發生在我的世界裡而已，在你的世界裡，你仍然是你，而我依舊是我，沒錯吧？」

「在我的世界裡？呃——」他考慮了一下，「在我的世界裡，我的確看不出來我們之間怎麼可能有任何關係，我才剛剛認識你啊。」

「嗯，這一點也不令人意外，畢竟從來就沒有任何兩個人是生活在同一個世界裡。更何況我們還陰陽兩隔——你在生者的世界，我卻在死者的世界裡。」我對他說，「所以不論我在我的世界裡發生了什麼事，那都只是我的真實，而不是你的真實。只有你在你的世界裡親身經歷的事物才是你的真實。」

「只有我在我的世界裡親身經歷的事物，對於我來說才是真實的嗎？」他說。

「當然了，總不會我被蚊子咬一口後，你反倒覺得癢吧。所以說你到底是誰呢？」我問他，「除了你自己以外，這世上真的再無第二人能夠替你回答這個問題了。」

「我到底是誰？」他一臉茫然。

「是啊，你是誰呢？在你了解真正的死亡是怎麼一回事之前，你難道不需要先知道你自己究竟是誰嗎？如果你不知道你自己究竟是誰，你想要了解的又是誰的死亡呢？」我說。

「我是誰？唉——」他嘆了一口氣，「我就是我啊，不然我還能是誰呢？」

「莫非檢察官在法庭上起訴被告時，都是對被告說：你就是犯人啊，不然你還能是誰呢？用這種方式能夠捉到真正的犯罪者嗎？」我問他。

「呃，這樣當然是不行啦。」他尷尬地回答。

「在尚未確認何者為真之前，你都不會停下尋找的腳步嗎？」我提醒他自己說過的話。

「唔，是啊。」他回答得有些心虛。

「好，既然你說你就是你，那麼你就是你的那個你又到底是哪個你呢？」我繼續追問。

想要在真實的面前打迷糊仗是行不通的。

自我介紹

at 1:35PM

每個人這輩子少不了都有自我介紹的經驗，而且次數恐怕已經多到算也算不清。從小孩子剛剛學會講話，大人就迫不及待地教他如何自我介紹，最初大概只是介紹自己幾歲，叫什麼名字而已。當他長大到開始上學後，自我介紹的內容便進一步擴大到了涵蓋他的父母以及其他家庭成員。等他完成學業，準備進入職場時，自我介紹的內容又會轉而偏重於個人能力的說明。一旦談戀愛到論及婚嫁，見未來親家時還得表明自己是否已經具有獨立的經濟基礎。面對人生各個不同階段的情境，人們反覆不斷地自我介紹，而每次的內容都不盡相同。那麼你有因此就真的了解你自己究竟是誰了嗎？為什麼你不能簡單一句話就把自己到底是誰給說清楚呢？

你是否善於說謊？你知不知道如果要撒一個永遠不被識破的謊，從最早的謊言開始，接下來還得繼續說多少謊來圓謊嗎？是無止盡的謊。要謊言永遠不被識破，那自然只能一直圓謊下去，這就是你之所以非得不斷重新自我介紹的原因。你以為你的自我介紹是對著別人在說的嗎？不，你的自我介紹一直以來都是在鏡子面前對著自己說的。

「我知道我是誰了。」檢察官像是發現什麼新事證般興奮地說。

「哦，那麼請問你是誰呢？」我問他。

「我就是覺知本身，對不對？」他回答。

「很遺憾，你猜錯了，你並非覺知本身，你只是你自己罷了。」我對他說，「如果你就是覺知本身，你便應該要無所不知、無所不能、無所不在，因為這三者正是覺知的固有特性。當覺知直接見到自身，它就會見到自己這三種固有特性，那難不成你也有這三種特性嗎？」

「無所不知、無所不能、無所不在？」他一臉訝異。

「是啊，你有這三種特性嗎？」我再問一次。

「我當然沒有這三種特性，誰會有這三種特性啊，你有嗎？」他生氣地說。

「我自然也沒有這三種特性，我又不是覺知本身，我只是一個死者而已，你忘了嗎？」

我笑著回答，「一個活人都無法全知了，何況一個死者；一個活人都無法全能了，何況一個死者；身為一個死者，存在也等於沒有存在，那又怎麼會無所不在呢？」

「既然如此，你何以知道覺知具有這些特性？你又不是覺知本身。」他提出反詰。

「說得對，但我可沒有說這是我知道的啊，這是覺知自己知道的，又不是我知道的。」我回答。

「覺知自己知道的，不是你知道的？」他睜大眼睛。

「沒錯，覺知是覺知，我是我。無所不知、無所不能、無所不在是覺知的三種特性，但不是我的特性。」我說，「我只是認出了我自己是誰，所以覺知同一時間也就認出了它自己是誰，因為擋在它面前的東西已經消失了。」

「這什麼意思，」他大聲說，「你到底是誰呢？」

「我只是一個死者啊，我不是從一開始就告訴你了嗎？」我耐心地回答，「但不管我是誰或任何人是誰，這些於你來說其實都沒有真實的意義。對你而言，唯一有真實意義的只有你自己是誰這個問題而已。這個問題絕非沒有答案，說它沒有答案不過是愚者用來逃避自己的藉口罷了。難道你打算就這樣一輩子逃避下去，你不是說在尚未確認何者為真之前，你都不會停下尋找的腳步嗎？」

「我才沒有要逃避這個問題。」他矢口否認，就像一個說謊者想要掩飾他的慌張。

求。

「哦，是嗎？那麼你可不可以好好地跟我做個自我介紹呢？」我提了一個簡單的要

「自我介紹？」他疑惑地看著我。

「是啊，所謂的自我介紹不就是用來解釋你自己到底是誰的嗎？你從小到大應該有做過不少次自我介紹吧，你能夠再介紹一次你自己是誰嗎？」我說，「也許先從你三歲左右開始介紹起好嗎？就當作我現在正與三歲時的你說話好了──你是誰啊？」

「三歲時的我？」

「嗯，弟弟你叫什麼名字呢？」

「喔，我叫──戴德門。」他彆扭地說。

哈哈，原來檢察官叫這個名字。

「那麼戴德門現在幾歲啊？」

「我三歲啦。」他朝我猛翻白眼。

「不錯不錯，至少我現在知道你的名字了。所以當三歲時的你做完自我介紹後，你有

真的了解你自己究竟是誰了嗎？」

「誒，這應該算不上什麼了解吧，我才三歲而已耶。」

「算不上？那要幾歲才算得上呢？六歲可以嗎？要不就當成你剛剛上了小學，開學第一天，你是如何自我介紹的呢？」

他直愣愣看著遠方，像在回憶過往的自己。

「呃，老師、各位同學大家好，我是戴德門。我們家有五個人—爸爸、媽媽、哥哥、妹妹還有我。哥哥比我大，是高年級，妹妹在讀幼稚園。」他說，「大概就是這個樣子了。」

「很好啊，經過三個年頭，你的自我介紹內容越來越豐富，所以這時候的你有真的了解你自己究竟是誰了嗎？」我問他。

他側著頭想了一下。

「這應該也不能算是已經真的了解我自己了吧，畢竟我還是小學生，人生那麼漫長，學習的路只是正要開始而已。」他回答。

「你的意思是說，除非經過漫長的學習，否則人便無法了解自己究竟是誰了嗎？」

「也不是這個意思啦，只是──」

「只是你還小，只有六歲是嗎？那再給你多一點時間如何，你是在幾歲時完成了所有的學校教育呢？」

「是二十四歲。」

「那麼當你離開校園，進入職場，你在面試第一份工作時又是如何自我介紹的？」

「喔，我想這是指我剛退伍，參加司法官特考時的口試吧。」他大吸一口氣，準備進行這個重要的自我介紹，「各位好，我是戴德門。我的父親是一位獨立執業的律師，在父親的耳濡目染下，我從小也培養了對法律的濃厚興趣。但與父親不同的是，相較於成為一位律師，我更嚮往能夠從事主動尋找真相，以維護社會公平正義的工作。因此，在完成了大學法律系四年的專業訓練後，我便立志要通過司法官考試，成為一位檢察官。這就是我今天之所以會在這裡的原因，謝謝。」

「好一個主動尋找真相，以維護社會的公平正義，這真是充滿熱血的自我介紹。十幾年的求學歷程轉眼過去，你獲得眾多知識，學會許多技能，而且也確認了你的志向。所以你到底有沒有真的了解你自己究竟是誰了呢？這個問題不是很基本嗎？你二十四歲，相當於這輩子已經活了八千多個日子，難道這樣子還不夠讓你真的了解你自己嗎？」

他冷靜地考慮我的質問。

「雖然對於我是誰這個問題，我一時也很難釐清，但這八千多個日子總不會就是白白浪費了吧，我應該還是有隨著時間的過去而越來越了解我自己的。」他說，「人不正是由於擁有無窮的潛力，因而能夠不斷地自我超越嗎？」

「不斷地自我超越？原來如此，我差點忘記你是個活人了——一個活人當然可以持續不斷地自我超越，直到時間的盡頭。難怪二十四歲的你仍然不夠了解你自己了，因為你還有二十五歲啊，誰知道二十五歲的你能夠比二十四歲的你更超越多少呢？看起來早已不再是二十四歲的戴德門，請問你今年幾歲了？」

「我今年三十二歲。」

「嗯，依過往的經驗來看，三十二歲的你大概又比二十四歲的你更—呃，所謂的自我超越了不少吧。所以你認為三十二歲的自己和二十四歲的自己相較起來有哪些不同嗎？」

「真要說的話，二十四歲的我只是個通過考試，正接受著司法官訓練的菜鳥而已，但現在的我已經是具備豐富實務經驗的檢察官了。更值得一提的是，最近我和我太太的第一個小孩剛剛來到世上，成為一位新手父親也讓我對人生又產生許多新的體悟。」

「因為你的人生又產生許多新的體悟，所以你就得重新思考一次你自己究竟是誰了嗎？」我問他，「可是既然明天的體悟肯定會比今天多，而明天又無法提前來到，那麼今天的你豈非永遠不可能真的了解你自己了？」

「誒，應該也不是這樣子啦。」他急於否認。

「不是這樣子？好，那麼請問你可以現在就明白地告訴我，你究竟是誰了嗎？」我說。

魔鏡魔鏡，我是誰呢？

你是三歲的戴德門啊。

魔鏡魔鏡，我是誰呢？

你是你爸媽的小孩，你哥哥的弟弟，你妹妹的哥哥啊。

魔鏡魔鏡，我是誰呢？

你是主動尋找真相，以維護社會公平正義的檢察官啊。

魔鏡魔鏡，我是誰呢？

你是你小孩的父親啊。

魔鏡魔鏡，我是誰呢？

你煩不煩吶，明天再來問我吧。

範圍界定

at 1:45PM

「現在就要回答？」戴德門面有難色。

「當然是現在回答，你是誰這個問題只有現在能夠真實地回答而已，你其實並沒有明天可以用來獲得真實的答案—想要在不真實的地方尋找真實的答案無異是緣木求魚。六歲的你並沒有比三歲的你更接近真實，二十四歲的你也沒有比六歲的你更接近真實，三十二歲的你同樣沒有比二十四歲的你更接近真實。真實又不是攝氏一百度的溫度，沒有七十度比五十度更接近一百度這種事，五十度、七十度與一百度都是一樣的真實。」我對他說，「問題的關鍵是在於：真實是一翻兩瞪眼的，你如果沒有在它生起的當下就直接見到它，你便永遠失去了當面見到它的機會。」

「你的意思是說，我只能嘗試在當下找到真實的自己嗎？」他一臉認真。

「應該說所有真實的東西都只能在當下被找到—真實就是只能在當下發生，你既無法在之前找到它，也無法在之後找到它。它稍縱即逝而且非黑即白，你若不是在當下見到了全然的真實，你就是在當下見到了那不真實的，這兩者之間並沒有灰色地帶。所以你可以現在就明白地告訴我，你究竟是誰了嗎？」我再問他一次。

「就算我現在回答這個問題了，那又如何呢？人不就還是會持續不斷地改變嗎？既然我還在不斷地改變中，那麼未來的我豈會完全沒有可能超出現在的想像？難道你是一點都不會改變的嗎？」他挑戰似地說。

「當然會改變，只要一個人還活著，他就不可能不改變，所以他是誰的答案也就不得不跟著一起改變。從來沒有任何一個人可以例外，包括我—呃，我是說活著時的我啦。」我回答他的質問，「不過，我已經死了啊。雖然謊言會不斷改變，但真實卻是永遠不會變的。因此在我完成了我的最後一次自我介紹後，關於我是誰的答案就永遠不可能改變了。」

「你的最後一次自我介紹？」他滿臉疑惑。

「是啊，它不就刻在我的墓碑上了嗎？那就是我的最後一次自我介紹。不管經過多久時間，它都不可能再有任何一絲一毫改變了，你總不會認為一個死者還能夠有什麼改變吧？」我笑著說。

他露出一副為之氣結的表情。

「雖然我還是不懂你怎麼會是一個死者的，但我想你一定會說，問題並不在於你到底是誰，而是我到底是誰，對不對？」他說。

「沒錯，這個世界自開天闢地以來，所有的問題本來就只存在於你一人身上，所以你如何能夠從別人身上找到答案呢？」我回答。

「唉，又不是我不想知道我自己究竟是誰，只是每當我嘗試思索這個問題，它便會越掘越深，彷彿無底洞般見不到盡頭啊。」他嘆了一口氣。

「對你而言，你是誰這個問題還當真十分難以回答，誰叫你無時無刻不在改變。」我說。

「那我到底要怎麼樣才能了解我自己究竟是誰呢？」他沮喪地說。

「為了幫你釐清這個問題，我們還是來看看你是如何改變的吧。」我說，「首先，當你發覺自己已經變了的時候，是什麼東西改變了呢？一定是有什麼東西改變了，你才會發覺自己已經變了吧。」

「什麼東西改變了？」他搔搔頭，「有很多東西都會改變啊，這要從何說起呢？」

「比如說你的身體會改變嗎？」

「我的身體當然會改變啊，不然人是怎麼從剛出生時的小不點長成大人的？有哪個人的身體能夠一直不改變嗎？」

「說得有道理，那麼你的興趣喜好也一樣會改變嗎？」

「喔，我的興趣喜好大概也是隨著年齡的增長而不斷在改變吧，小時候喜歡的東西跟長大以後喜歡的東西總不會完全相同的。」

「那你對事物的看法或見解是不是也會改變呢？」

「是啊，因為經驗會持續累積，所以我對事物的看法或見解當然也不至於永遠一成不變。」

「你的期望與目標呢？」

「嗯，在求學階段，我的期望與目標是將來成為一位優秀的檢察官，而現在也已經初步達成了，因此我正打算重新思考一下往後的方向呢。你問我期望與目標會改變嗎？我想應該是的，這好比拾級而上，當你到達第一個里程碑之後，你不是自然會往下一個里程碑前進嗎？」

「不斷地自我超越？」

「也可以這麼說。」

「好，除了以上幾點之外，你還有沒有什麼其他會改變的部分呢？」

「當然有啊，哪有這麼簡單就把所有會改變的部分都一一說完了。」

「哦，是嗎？雖然表面上看起來如此，但實際上一直在改變著的不是就只有一樣東西而已嗎？」我說，「雖然謊言所使用的藉口不斷在改變，但謊言其實只有一個。」

「只有一樣東西在改變？」他一臉懷疑。

「對，只有一樣東西在改變。」我再說一次。

「不會吧，」他不可置信地說，「是哪一樣東西？」

「是範圍界定。」我回答。

「範圍界定？」他更加疑惑了。

「嗯，只有範圍界定在改變而已——一直以來就只有你對於『你是什麼』以及『什麼是你的』的認定方式在改變而已，它無法不改變。」我說。

核心概念

at 1:50PM

覺知就是存在的前提與全部，
它既是一，也是一切。
只有覺知，沒有不覺知這種東西；
只有存在，沒有不存在這種東西。
不覺知就是不存在，而不存在並不存在。

只要覺知存在著，範圍界定就可以存在；
只要範圍界定存在著，你也就可以存在。
因為──你就是被範圍界定所保護住的核心概念。

──死者如是說

「只有範圍界定在改變？」戴德門側著頭思考，「這是什麼意思？」
「範圍界定就是你對於『你是什麼』以及『什麼是你的』的認定方式，這其實是你從出生以來就持續不斷在做著的事，要不是你持續不斷地做著這件事，你早就無法存在了。」

我對他說。

「我一直在做著這件事？但我一點也不覺得我有在做什麼範圍界定啊。」他不以為然。

「嗯，這很正常，因為範圍界定就像你的呼吸、心跳一樣自然，所以你很容易忽略它的存在；不過它的重要性相比於呼吸、心跳卻更加有過之而無不及，要是有一天它完全停止了，你將會死亡—而且是真正的死亡。當你的呼吸、心跳停止時，你的肉體免不了會死亡，但那並不是真正的死亡，你不會因此而真正死去，你只是改變了存在的狀態。可是如果停止的是你的範圍界定—我說的是永遠的完全停止，那麼你將會從這個世界上徹底消失，不復存在。這才是死亡真實發生時的情況。」我向他解釋，「這個不復存在並非只是一種想像上的概念而已，這是你的灰飛煙滅如實地發生了，你之所以為你的本質完全粉碎消失，沒有留下任何痕跡。當死亡真實發生，你沒有任何東西可以殘留下來。」

「如果範圍界定完全停止了，我就會真正的死亡？」他驚訝地說。

「是啊，你不是想要知道什麼是真正的死亡嗎？」我說，「這就是真正的死亡。」

「這是真正的死亡？」他目瞪口呆，「為什麼範圍界定完全停止後，我就會死了？」

「因為你就是被範圍界定所保護住的核心概念，所以在範圍界定完全停止後，你當然會難以存活；謊言一旦失去所有藉口，真實就會迫使它現出原形。」我回答。

「核心概念？」他皺著眉頭，「這又是什麼東西？」

「別著急，反正急也沒用，而且真實一直都跟在你的身邊不曾離開半步，只要你願意誠實地面對它，它終有一天會如實顯現的。問題是，你現在已經準備好要誠實面對你的真實了嗎？」我問他。

「誠實面對我的真實？呃，我有哪裡不夠誠實了？」他理直氣壯地說。

「這得問問你自己吧，畢竟誠實是見到真實的唯一條件，只不過誠實的純度必須要是百分之百的才行，不能混入一絲一毫雜質。只消有一點點雜質混入其中，不論多麼微小，也會令你無法見到真實原本的樣子。」我說，「真實就只能是全然的真實，它如果不是全然真實的，它就是不真實的。這個條件看似簡單卻又無比困難，所以多如恆河沙數的人們才會被困在謊言的輪迴之中，出脫無期。」

「百分之百的誠實？只要我做到了，我就能夠見到真實原本的樣子嗎？」

「沒錯。」

「而且我也能夠知道我自己究竟是誰了？」

「當然。」

他倒吸一口氣。

「而從真實的觀點來看，我是—被範圍界定所保護住的核心概念？」他半信半疑地問道。

「正是如此。」我回答。

「但這個你所謂的範圍界定和核心概念到底是什麼東西啊？」他說。

「這麼形容好了，範圍界定就像是一座城的城牆，而核心概念—或說你—也就是這座城的城主。範圍界定會將世界區分為城牆內以及城牆外兩個部分，如果城牆內的核心概念遭遇外來敵人的攻擊，城牆就會保護它的安全。」我拿比喻來解釋，「值得注意的是，這座城所占有的範圍並非一直固定不變，就如同它的城牆最初也只是從無到有慢慢地被搭築起來。當核心概念的能量越強，它所能夠占有的範圍便會越大；當核心概念的能量變弱了，它所能夠占有的範圍也會因此縮小。」

「換句話說，要是有一天這座城的所有城牆被一陣狂風暴雨完全摧毀，這座城就會從這個世界上徹底消失，而這座城的城主也將不復存在了，是嗎？」

「是的。」

「可是這座城的城主—或說核心概念—為什麼會跟我是誰的答案有關呢？」

「因為你對於『你是什麼』以及『什麼是你的』的認定方式就是你的範圍界定，那麼猶如城牆會將城主保護住一樣，範圍界定也會將核心概念保護住，而這個被範圍界定所保護住的核心概念正是你之所以為你的本質。你並不是別的什麼東西，你就是這個核心概念—在本質上，你也就只是一個概念。」

「在本質上，我只是一個概念？」他跳了起來，「你在說什麼鬼話。」

「不，雖然我是一個死者，但我可沒有說什麼鬼話。」我笑出來，「在本質上，你的確是一個概念無誤，而且還是個與真實完全不符的概念，正因為這樣，你才會一直搞不清楚你自己究竟是誰。」

「我是個與真實完全不符的概念？」他整個人呆住。

「是啊，不過這倒也不是一個普普通通的概念而已，核心概念與其他一般概念有著根本上的不同。」我繼續回答他的疑問，「核心概念是在世界誕生之初就已經生起，世界存在了多久，核心概念也就存在了多久──事實上，你所認知到的世界便是以此核心概念為中心建立起來的，所以我才叫它核心概念。一旦這個核心概念瓦解了，你就會死亡，而你所認知到的世界也會隨之完全崩潰，這可不是在開玩笑。」

「僅僅是一個概念瓦解了，我就會死亡，而我所認知到的世界也會隨之完全崩潰？」

他睜大眼睛，「這還不算是在開玩笑嗎？」

「如果我們在談的只是一個普通的概念，那這當然是在開玩笑。但我們現在在談的可是核心概念，是你之所以為你的本質，你以為在你的本質完全粉碎之時，什麼事也不會發生嗎？」我說，「當一個系統的核心瓦解了時，整個系統自然也會隨之完全崩潰。然而在你尚未親眼見到你的世界完全崩潰之前，你也確實不可能知道事情竟然會是這樣子的。只有在你的死亡真實發生之後，你才會明白這到底是怎麼一回事。」

「一個概念怎麼可能會有這麼大的影響力呢？」他語帶懷疑。

「因為核心概念縱然在本質上只是一個概念，但它卻不是一個普通的概念──它源自於對真實最原始的誤解，並且隱藏於存在最幽暗難見的深處。問題的癥結就在於，你所認知到的世界是以它為中心在運作的，所以一旦這個核心概念瓦解了，你的世界也理所當然會隨之完全崩潰。」我耐著性子再說一遍。

核心概念源自於對真實最原始的誤解，
因此它又被稱為原罪；
核心概念隱藏於存在最幽暗難見的深處，
因此它又被稱為無明。
無明──就是沒有看見的意思，

那麼沒有看見什麼呢？
就是沒有看見真實。

——死者如是說

「我的世界可能會有完全崩潰的那一天嗎？」他問道。
「可能啊，當死亡在你身上如實發生了時，你自然就會親眼見到。」我回答。
「那是一種什麼樣的情況？」他說。
「這個嘛——雖然你未曾親眼見過你的世界完全崩潰的樣子，但我想一般等級的破壞程度你總應該還是有經歷過一些的。」我說。
「一般等級的破壞程度？」他愣了一下。
「是啊，比如說你有沒有經歷過像是某個至親之人的死亡呢？」我隨便舉個例子，「不過我這裡指的當然是肉體的死亡。」
他一陣沉思。

「我的確有經歷過至親之人的死亡──是我的母親。我的母親在我二十歲時因癌症去世，她的離開讓我持續難過了好幾年。即使到現在，我心中那份空虛的感覺仍舊像是永遠也無法被填補，這種傷痛怎麼能夠用一般等級的破壞程度來形容呢？」

「嗯，失去至親無疑會讓人承受巨大的打擊，那麼你有因此難過到真的死去了嗎？」

「難過到真的死去了？」

「對，你有因此真的死去了嗎？」

「我是沒有真的死去啦，但這──」

「但這怎麼了？」

「這樣說也未免太冷酷無情了。」

「是有點冷酷無情，可是你並沒有因此難過到真的死去了也是事實，沒錯吧？」

他沉默不語。

「我看我們還是用城牆的比喻好了。當你失去至親之時，就彷彿有外來敵人攻擊了你的領地，他們炸毀某部分的城牆，並且進入城內搶走原本屬於你的東西。於是你趕緊在毀壞的城牆內側又築起一道新的城牆把敵人擋在外面─敵人的攻擊並不足以將你殺死，他們造成了你的損失，卻沒有造成你的死亡。儘管過程十分艱辛，你在重整旗鼓之後再度站了起來。雖然你的確是失去了活生生的母親，但她現在已經以一種回憶的形式繼續存在於你的範圍界定之內了。這就是範圍界定和核心概念的標準運作方式。」

「你怎麼可以把死亡說得如此輕描淡寫啊。」

「不然呢？你知道在這顆地球上每天有多少人死亡嗎？」

「每天─呃，肉體的死亡？」

「是啊。」

「一萬─不，兩萬人？」

「是十五萬人，在這顆地球上每天大約有十五萬人死亡，也就說全球每年差不多有五千五百萬人死亡，平均每一秒鐘就有一點八個人死亡。那麼每當這其中有任何一個人死了時，你都承受了巨大的打擊嗎？」

「當然不至於這樣，就算人們或多或少都有惻隱之心，會對他人的不幸同感不捨，但這與失去至親所受到的打擊相比，根本就不能相提並論。」

「為什麼？同樣都是死了一個人，有何差別？」

「差別很大啊，一個是最親密的人，一個是毫不相干的人，怎麼能夠拿這兩者來相互比較呢？」

「沒錯，這也正顯示出了核心概念的影響力。對核心概念來說，一個在你範圍界定之外的人自然沒有足夠資格被拿來與一個在你範圍界定之內的人比較。當核心概念認為某件事物在其範圍界定之內十分重要時，失去這件事物便會產生巨大的痛苦；相反的，當核心概念認為某件事物根本就在其範圍界定之外時，這件事物到底是死是活便無關痛癢了。在你所認知到的世界裡，一切事物的差別本來就都是由這個核心概念定義出來的。」

「一切事物的差別都是由這個核心概念定義出來的？」

「是啊，不然你以為你真的能夠站在除了自己以外的立場來想事情嗎？」

「唔，我想應該沒有這麼絕對吧，我總還是有一些能夠將心比心的同理心。」

「是嗎？那這個所謂將心比心的同理心又是由誰定義出來的呢？」

「這——」

「只要你還活著，你就無法站在除了自己以外的立場來想事情，除非你死了。問題是，只要範圍界定存在著，你就永遠不可能死亡。」

「只要範圍界定存在著，我就永遠不可能死亡？真是這樣子？」

「當然是這樣子，只要你想要，你就可以一直存活下去，沒有任何外來力量有辦法殺死你。我不是已經嘗試過要把你殺死，但最後並沒有成功，你忘了嗎？」

「咦？喔，你在說那個砍掉我左手臂的思想實驗。」

「是的，我成功殺死你了嗎？」

「似乎沒有。」

「那為什麼我沒有能夠成功殺死你呢？」

他搔搔頭皮。

「因為——我被範圍界定保護住了？」他回答得不太有把握。

「正是如此。」我給他鼓鼓掌。

「呃，是這樣子嗎？」他顯然不確定這是不是真的。

「看來為了讓你可以搞清楚這件事，我只好再殺你一次了。」我對他說，「不過這次我不但要試著殺了你的肉體，還要試著殺了所有可能被你放在範圍界定之內的事物。」

「我不只是肉體，而且還是其他的什麼東西嗎？」他的困惑再度生起。

「當然不是，你既不是肉體也不是其他的什麼東西，你就是被範圍界定所保護住的核心概念，」我說，「肉體或其他的任何東西只是被你放在範圍界定之內的事物而已。」

「肉體或其他的任何東西只是被我放在範圍界定之內的事物？這到底是什麼意思？」他說，「我為什麼會是一個核心概念呢？」

「想要弄明白這個問題，你只能靠自己啊，難道你認為從我身上能夠找到你自己究竟是誰的答案嗎？」我反問他，「我可是一個死者耶，總不會你也和我一樣已經死了吧？」

「不，我想我應該是活著的。雖然我還沒有真正了解我是以何種方式存活在這個世界上，我仍不知道我生從何來，也不知道我死往何去，但至少我現在應該是活著的。」他回答。

的確，戴德門應該是活著的。

他也許以唯物論者的方式存活著─相信世界純粹由物質構成，而所有存在的現象都是來自於物質之間的交互作用，包括身為一個人的意識也是。

他也許以唯心論者的方式存活著─相信人並非是一種純粹的物質現象，而是擁有靈性的生命，物質現象只是由心靈活動所衍生出的感知罷了。

他也許以心物合一論者的方式存活著─相信生命既非單純的物質現象，亦非單純的心靈現象，而是此二者合一的表現。

他也許以佛教徒的信仰方式存活著─相信世間一切眾生皆有佛性，卻因妄想執著不能證得，才墮入生死輪迴之中受苦。所以只要有朝一日人們能夠回歸自性，便得以了生脫死、證悟涅槃。

他也許以基督徒的信仰方式存活著─相信人是由唯一的神耶和華依自己的形象所造，卻因亞當、夏娃違背神的意志偷吃分別善惡樹上的果子，才被逐出了伊甸園。所以唯有重新信靠主耶穌基督，人們方能獲得救贖。

他也可能以無神論者、不可知論者或其他任何一種方式存活著。但不論他以何種方式存活著，他終歸就是存活著的，只不過是存活的方式稍有不同。這就好像同樣得了傷風感冒，有些人的病徵會表現為喉嚨痛，有些人卻會表現為鼻塞、流鼻水，有些人只是咳嗽，有些人卻還會頭痛、發燒，甚至是肌肉痠痛。

可是生了同樣的病，病徵稍有不同又算是什麼差別呢？也就是同病相憐而已。

「那麼你準備好讓我再殺你一次了嗎？」我問他。

「還是要先把我的左手臂給砍下來？」他打趣地反問我。

「嗯，這是個好主意。」我笑著說，「如你所願，我現在大刀一揮把你的左手臂給砍了下來。它咚一聲掉到地上──你的左手臂已經與你的身體完全分離，再也無法接回來。所以請問你，現在躺在地上一動也不動的手臂是你的手臂嗎？你現在有將這隻手臂包含在你之所以為你的定義之內嗎？」

「躺在地上的手臂自然是我的手臂啊，但要是它再也無法接回來，我就會永遠失去它了。」他不假思索地回答。

「我沒有問這隻手臂是不是屬於過去的你或未來的你喔，我問的只是你現在到底有沒有將這隻手臂包含在你之所以為你的定義之內呢？」我再重複一次我的問題。

「真要分這麼清楚的話，我現在的確是很難再將這隻手臂包含在我之所以為我的定義之內了啦。當這隻手臂被砍下來之後，我既無法再接收到這隻手臂傳給我任何感覺，也無法再控制這隻手臂做出任何動作，所以現在它應該已經不能算是我的手臂了吧。」他回答。

「換句話說，你現在已經將這隻手臂定義為你的前手臂，就好像你的前女友一樣嗎？」

「前手臂？前女友？」

「是啊，你原本認定這隻手臂就是你名正言順的左手臂，一點也不需要懷疑。可是它現在已經變成了你的前手臂，不是嗎？這隻手臂原本被放在你的範圍界定之內，但現在它已經被移到了你的範圍界定之外。」

「這種比喻方式實在太牽強，我的──呃，前手臂怎麼會是像前女友一樣呢？」

「太牽強？哪裡牽強了？」

「首先，所謂我的女友並不代表我在認識她之前她本來就是屬於我的，可是我的手臂卻原原本本就是屬於我的。我的手臂從一開始就是我的一部分，我是失去了一個本來就屬於我的東西。而且正因為手臂本來就是屬於我的，我才能夠隨心所欲地控制它做出各種動作，但我又不能像控制手臂一樣控制我的女友，她有她自己的意志啊。」

「誰說這隻手臂本來就是屬於你的，它就跟你的女友一樣原本和你沒有任何關係，後來才成為了你的一部分，並且終究會再與你分道揚鑣。這隻手臂從某一天開始被放入了你的範圍界定之內，然後到了某一天，它又會被移到你的範圍界定之外，只是這樣。」

「不是吧，這隻手臂從一開始就是我的一部分。」

「是嗎？從一開始？從哪個一開始呢？」

「喔，就是從我一出生開始，不然還有哪個一開始啊？」

「從你一出生開始？那麼你又是在什麼時候出生的呢？是在臨盆的那一天嗎？還是更早？是在胚胎階段出生的嗎？還是更早？是在受精卵階段出生的嗎？還是更早？」

「這──」

「如果這隻手臂真的是從你一出生開始就是你的一部分，那麼你又是在什麼時候出生的呢？請問你：如何是父母未生前本來面目？」

「如何是父母未生前本來面目？」

「是啊，你不是說這隻手臂從你一出生開始就是你的一部分，所以難道在這隻手臂尚未出現之前你就不存在了嗎？」

「誒，這個──」

「這隻手臂並非理所當然一直是你的一部分，對不對？」我說，「手臂的存在並非是你之所以能夠存在的必要條件，對不對？」

「但我明明可以用我的意志完全控制我的手臂，如果它並非本來就是屬於我的一部分，為什麼我可以這樣子控制它呢？」他提出反駁，這種堅持就像熱戀中的人自顧自地相信對方必定本來就是屬於他的一樣。

「誰說你可以完全控制你的手臂，你的手臂就跟你的女友一樣未必會受你控制。事實上反而應該說，根本就不是由你在控制的。你可以請你的女友替你做一件事，但她未必會完全照著你的意思去做，只有當她想做的事剛好跟你希望她做的事一致時，她才會看起來好像是依著你的喜好去做。同樣的，你也可以請你的手臂替你做一件事，但它也一樣未必會完全照著你的意思去做。」我潑了他一盆冷水。

「我的手臂未必會完全照著我的意思來做事？這怎麼可能！」他對我說的話嗤之以鼻。

「不信的話你可以馬上做個小實驗，看看你的手臂是不是真的會如你所說般完全照著你的意思來做事。」我挑戰似地看著他。

「做個小實驗？」他一臉不解。

「嗯，一個很簡單的小實驗。」我將我的左手臂伸到戴德門眼前，露出手臂上的傷疤給他看。

「這個傷疤又是怎麼一回事？」他指著我的左手臂發問。

「就小實驗啊。」我回答。

「什麼樣的小實驗？」他狐疑地說。

「就是讓右手拿點燃的香菸往左手臂燙下去的實驗，你看到的正是這個實驗所遺留下來的痕跡。」我向他解釋實驗的進行方式。

「你瘋了嗎？」他驚呼一聲。

「還好吧，這只不過是為了了解我的身體是否真的由我在控制而做的實驗。你不是認為你的手臂一定會完全照著你的意思來做事嗎？那你應該像我一樣試試這個實驗。」

「為什麼？」

「因為如果你的右手確實是由你在控制，而且你的左手也確實是由你在控制，那麼當你命令你的右手拿香菸燙你的左手時，這個命令就理應可以被完美地執行完畢，不是嗎？」

「然後呢？」

「然後我當時點了一根香菸，吸幾口，拿在右手上。我告訴我自己，如果我的身體確實由我主宰，如果我的意志確實由我主宰，那麼我便應該要能夠完全地控制它。於是，我將左手臂舉起來，握緊拳頭，右手捏著香菸筆直燙下去。滋—灼熱的菸頭瞬間燒穿皮膚，我用力咬牙忍住，一秒、兩秒、三秒，但尖銳的刺痛感令雙手擺脫我的控制，它們各自往後一縮就分開來，我失敗了，空氣中散發出一股肉被烤焦之後的味道。所以你還是天真地認為你可以完全控制你的手臂嗎？你要不要也試試看這個小小的實驗呢？」我問他。

「不，我不——」他趕緊回絕，「呃，你的雙手之所以會縮回去，也是因為你的大腦發出一個命令要它們縮回去的吧，這怎麼能說是你的手臂不受控制呢？」

「哈哈，你果然是個檢察官，凡事都想要用科學的方式來解釋。但我可沒有說我的手臂是不受控制的，我的手臂自然是受到了控制才會做出這一連串的動作，我只是說控制它們的並不是我而已。」我聳聳肩，「我的手臂所做出的每個動作一直都受到了完美無暇的控制，從來沒有任何例外，也不可能有任何意外。右手拿香菸燙左手時是受到了完美的控制，但雙手接著縮回來時一樣是受到了完美的控制。它們並沒有失去控制，也永遠不可能失去控制，只不過控制它們的並非是我，如此而已。」

「不是你在控制你的手臂？那又是什麼東西在控制著你的手臂啊？」他氣沖沖地說。

「是什麼東西控制著太陽每天從東方升起，從西方落下，就是什麼東西在控制著我的手臂。」我回答，「你或許覺得即使世事未能盡如人意，但至少有些部分你應該還是可以掌控住的－比如說你的手臂。因此你嘗試將事物置於你的控制之下，也認為這樣子可行。就好像只要你盡了該盡的努力，你的女友就一定會永遠留在身邊聽你的話一樣。只可惜真實卻不是以這種方式運作的，不論你喜不喜歡，真實都會依照其自身的規律往前進，完全無法討價還價。你其實並沒有任何置喙的餘地，因為控制權不是在你手上。你不是認為你的左手臂本來就是屬於你的，而你也可以完全地控制它，可是它現在已經被我給砍了下來，躺在地上一動也不動了，不是嗎？」

「雖然我現在的確是失去了我的左手臂，但它在十分鐘前畢竟還是屬於我的一部分，我明明就可以控制它的。」他仍然在自以為失去了某種東西的情境裡糾結。

「你之所以會覺得你失去了某種東西，只是因為在這之前你就已經先認定了你擁有它，然而這自始至終都只不過是你對於『你是什麼』以及『什麼是你的』的認定方式在改變而已。」我對他說，「十分鐘前你是個四肢健全的人，十分鐘後你成了個獨臂的人，於是這兩者之間的差異便被你當成了一種失去。問題是，你到底是個四肢健全的人呢？還是個獨臂的人呢?究竟哪一個才是你之所以為你的本質?」

「哪一個才是我之所以為我的本質?」他再次陷入迷惘。

「嗯,哪一個才是真正的你呢?」我繼續追問。

「如果我說四肢健全的人才是真正的我,你就會說但是你已經將我的左手臂給砍下來,我不再是個四肢健全的人了,對嗎?」

「對。」

「如果我說獨臂的人才是真正的我,那麼你接著多半會把我的另一條手臂也給砍下來,沒錯吧?」

「沒錯,不論你說哪一個才是真正的你,不論你對於『你是什麼』以及『什麼是你的』是如何認定,我都會毫不猶豫地剝奪它,我不是已經告訴你我要再殺你一次了嗎?」

「不但要殺了我的肉體,還要殺了所有可能被我放在範圍界定之內的事物?」

「正是如此。」

「也就是說,除了肉體以外,還有其他的什麼東西可能是被我放在範圍界定之內的嗎？」

「是啊，還是你覺得自己只是一具純粹由物質所構成的肉體而已呢？對於自身是什麼，你是這樣認定的嗎？這個問題只能問你自己了，這世上再無第二人知道你究竟是誰。」

「喔，我想人應該不單單只是由物質所構成的肉體，人之所以為人也應該還要有像是靈魂一般的部分吧，否則人豈非如同一顆石頭，既沒有喜怒哀樂，也無法思考，既不能愛人，也不能恨人，更別說要分別是非善惡了。」

「等等，我可沒有問你其他所有人之所以為其他所有人的本質是什麼，也沒有問你石頭之所以為石頭的本質又是什麼，我問的只是你究竟是誰？你是石頭嗎？你是其他所有人嗎？你唯一有機會看清楚的只有你自己一人而已，你並非是除了你自己以外的其他任何東西。」

他沉默了一會兒。

「好吧，我認為我之所以能夠存在，絕不會只是由於我擁有肉體，更重要的是我還擁有靈魂，因此我才能夠有喜怒哀樂，才能夠思考，可以愛恨，也可以分別是非善惡。」他義正辭嚴地回答，「假如我只是一具沒有靈魂的肉體，我又怎麼有辦法做到這些事情呢？」

「你覺得你不只擁有肉體，更重要的是你還擁有靈魂，是嗎？換句話說，在你的範圍界定之內，除了物質類的東西以外，還有非物質類的東西存在著，對不對？」我問他。

「非物質類的東西？」他露出不解的表情。

「嗯，也就是喜怒哀樂、思考愛恨、分別善惡等等被你視之為只有靈魂才有辦法做到的事情啊，」我說，「覺知若不是被認知為物質類的東西，便是被認知為非物質類的東西。在你的範圍界定之內，被認知為物質類的覺知會形塑出你的肉體，而被認知為非物質類的覺知則會形塑出你的靈魂。」

「被認知為非物質類的覺知會形塑出我的靈魂？這是什麼意思？」他一臉訝異，「難道不就是因為我擁有靈魂，所以我才能夠透過靈魂進行認知活動的嗎？為什麼靈魂反而成為被認知的對象了？」

「不，並不是因為你擁有靈魂，所以你才能夠透過靈魂進行認知活動的。事實剛好相反，是因為有認知活動生起了，所以你的靈魂才被形塑出來。」我回答。

「什麼？」他大叫一聲。

「在覺知裡生起的事物因為又被認知區分成了物質類的覺知以及非物質類的覺知，於是其中被框到範圍界定之內的物質類覺知就被認知成了你的肉體，而被框到範圍界定之內的非物質類覺知則被認知成了你的靈魂。」我慢慢解釋，「所以你其實一直都搞錯了先後次序的問題。」

「先後次序的問題？」

「是啊，你把先後次序搞錯了──你並不是因為先擁有了肉體、靈魂或者其他的什麼東西所以才能夠存在；你其實是先存在了，然後才利用肉體、靈魂或者其他的什麼東西來追加定義這個存在。肉體、靈魂或者其他的什麼東西只不過是核心概念用來定義自身所使用的材料而已。所有在覺知裡生起的事物──不論是物質的或非物質的──都是核心概念可以用來定義自身的材料。這些材料源源不斷地生起滅去，但絕對不會有匱乏的一天，因為覺知永遠都在。所以我才會說，只要範圍界定存在著，你就永遠不可能死亡。」

「肉體、靈魂或者其他的什麼東西真的──呃，只是我用來定義自身所使用的材料？」

「沒錯，因此你也可以將它們稱為藉口，就如同謊言必須依賴藉口才能夠存活下去是一樣的意思。核心概念也必須利用這些材料才能夠定義出自身的存在，否則它就無法將自己成功形塑出來了。」

「謊言與藉口？為什麼你要把核心概念比喻為必須依賴藉口的謊言呢？你不是說核心概念正是我之所以為我的本質，但我怎麼會是個謊言呢？」

「因為所謂的謊言也就是被當成了真實的不真實，所以既然核心概念是源自於對真實最原始的誤解，那麼它當然是個謊言了。」

「對真實最原始的誤解？可是我一點也看不出來哪裡有什麼誤解啊？」

「我知道，因為你從來沒有如實見過真實原本的樣子，所以你自然不可能看得出來哪裡有什麼誤解。」

「說了半天，我到底要怎麼樣才能如實見到真實原本的樣子呢？這才是重點吧。」

「簡單講，只要所有的謊言全部滅去了，真實的原貌就會如實顯現。」

「所有的謊言？」

「嗯，當然是所有的謊言，連半個也不能漏掉。」

他臉色一陣鐵青。

「你開什麼玩笑，如果核心概念確實是我之所以為我的本質，而它偏偏又是個謊言，那難不成我得在死了以後才能夠如實見到真實原本的樣子嗎？」他激動地微微發抖。

「你猜對了，唯有死亡已經在你身上直接發生，真實的原貌才會如實顯現。」我若無其事地回答。

「唯有死亡已經在我身上直接發生？但你又說肉體的死亡並不是真正的死亡？」他忿忿不平看著我，「這種莫名其妙的死亡方式怎麼有可能發生呢？」

「當然有可能，我現在不是站在你眼前了嗎？」我笑著說。

「所以你又到底為什麼會死亡了啊？」他瞪著我問道。

「是因為過敏反應，」我回答，「是過敏反應造成了我的死亡。」

事出必有因，然而──

你之所以能夠存在並不是由於肉體、靈魂或者其他的什麼東西將你構成了，
你之所以能夠存在其實是因為謊言。

謊言才是你之所以能夠存在的原因，
肉體、靈魂或者其他的什麼東西只是謊言所使用的藉口而已。

這個謊言被我命名為核心概念，
因為你所認知到的世界是以它為中心建立起來的。
曾經有人另外稱它為原罪，
曾經有人另外稱它為無明，
但說到底它們所指的都只是同一個謊言。

只要有一天這個謊言徹底瓦解滅去，

真實的原貌自然也就會如實地顯現，
不過──這必須以你的死亡作為代價。
遺憾的是，在你沒有付出這樣的代價之前，
你永遠也不可能如實見到真實原本的樣子。

──死者如是說

過敏反應

at 2:20PM

謊言帶給人安全感，
真實卻令人難以下嚥。
因此幾乎所有的人都選擇在謊言之中永遠地存活下去，
這可說是生命的本能。

可是——
有極少數人卻對謊言產生了嚴重的過敏反應。
一旦這種自體免疫反應發作了時，
反常的免疫系統便會開始攻擊自身，
而這最終也就導致了死亡的發生。

「過敏反應造成了你的死亡？」戴德門滿臉疑惑。

——死者如是說

「是的。」我說。

「你有過敏體質？很嚴重嗎？」他好奇地問。

「不一定耶，我的過敏反應有時候輕微，有時候嚴重，但總之它最終造成了我的死亡。」我回答，「你不是要調查我的死因嗎？那我想你可以把死因寫為過敏反應。」

「可是你自己說肉體狀態不論如何改變都與真正的死亡無關，不是嗎？」他提出質問。

「是這樣子沒錯，即使你的肉體死亡了，也不表示你已經真正死亡。只要你的範圍界定還在，你就仍然存活著。」我說，「不過問題是在於，我的過敏反應並不只是攻擊我的肉體而已，物質類與非物質類的東西都會引起我的過敏反應，所以這才造成了我的死亡。」

「非物質類的東西也會引起你的過敏反應？」他驚訝地說。

「嗯，會使我產生過敏反應的過敏原並不是只有物質類的而已，非物質類的過敏原還會引發我產生更嚴重的過敏反應。」我向他解釋，「物質類的過敏原頂多是觸發免疫系統對肉體進行攻擊，那了不起就是肉體報廢罷了。但是非物質類的過敏原卻會觸發免疫系統對核心概念進行攻擊──這可是非同小可的事，因為核心概念正是你之所以為你的本質，一旦它完全粉碎，你就再也不可能存在了。」

「核心概念完全粉碎？呃，我們現在在談的就是真正的死亡了嗎？」他試探性地問道。

「是啊，也唯有核心概念完全粉碎了，你才會真正的死亡。」我說。

「那麼在這個核心概念完全粉碎，或說在我的死亡真正發生的當下，究竟會發生什麼樣的情況？」他聚精會神看著我。

「就是灰飛煙滅。」我回答。

「灰飛煙滅？」

「嗯，你有沒有看過電影裡面的自殺炸彈客呢？」

「自殺炸彈客？」

「對，佈滿你全身上下的炸藥忽然被引爆，強大的爆炸威力瞬間將你炸成粉身碎骨，然後你死了，就是這樣。」

「就是這樣？」

「沒錯，就是這樣。不過如果你還想要聽一點點戲劇化的情節：當我從突如其來的震驚中意識到原來我已經死了，真正地死了，而且永遠不可能再活過來了時，我的眼淚開始止不住落下來──一切都結束了，原來是這樣。」

「一切都結束了？」

「是啊，死亡既然已經如實發生，你所認知到的世界連同你之所以為你的本質自然也就一同結束了。」

「可是你說覺知永遠都在的，既然如此，灰飛煙滅這種事情又怎麼可能發生在我身上呢？這不是互相矛盾了嗎？」他大聲反駁。

「不，這可沒有任何矛盾。雖然覺知永遠都在，但你並不是啊；雖然覺知無法被殺死，但你可以啊。」我回答。

覺知就是存在的前提與全部，

它既是一，也是一切。
只有覺知，沒有不覺知這種東西；
只有存在，沒有不存在這種東西。
不覺知就是不存在，而不存在並不存在。

覺知是絕對值，但你並不是；
覺知沒有範圍界定，但你有；
覺知無法被殺死，但你可以。

——死者如是說

「覺知無法被殺死，但我可以？」他半信半疑，「也就是說，在我的死亡真正發生後，覺知還會繼續存在著嗎？」

「當然了。」我回答。

「問題是，如果我已經死了，那是誰在覺知呢？」他還是一貫地認為覺知是因他而起。

「沒有人在覺知啊，」我說，「覺知就是覺知，但沒有人在覺知啊。」

「沒有人在覺知？」他皺著眉頭問道。

「人都已經死了，所以自然是沒有人在覺知，哪來的人在覺知呢？」我笑著回答。

「這是詭辯。」他不服氣。

「從你的角度來看，這的確是詭辯沒錯。」我附和道。

「什麼？」他沒料到我會如此回答。

「只要你仍然存活著，從你的角度來看就當然只會是你在覺知，你不可能有其他覺知方式，你就是做不到。即便你說了像是『覺知就是覺知，但沒有人在覺知』的口頭禪來，那也只是一種言不由衷的詭辯而已。然而，若是從一個已死之人的角度來看，情況卻又會剛好相反。」我對他說，「當核心概念完全粉碎，也就是死亡真正發生後，接下來不論是何種覺知生起，已死之人都沒有辦法再在其中找到自身的存在—已經沒有人在覺知了。灰飛煙滅一旦如實地發生，死者就再也無法找到那個原來的自己。死亡並非是覺知的不再存在，而是你的不再存在。這完全沒有任何矛盾，因為其實是你在覺知中生起了，而不是覺知在你之中生起了，你終究還是搞錯了先後次序。」

「我還是搞錯了先後次序？」

「嗯，就像你把肉體、靈魂與你出現的先後次序搞錯了一樣，你也把覺知與你出現的先後次序搞錯了。並不是因為有你先存在了，覺知才出現的，覺知是一直存在著的，它既沒有從何處開始，也不會在何處結束，它涵蓋了全部的時間，所以並沒有任何一樣東西可以在覺知出現之前就先存在，你也不例外。你在覺知中出生，也會在覺知中死亡。當死亡在你身上真正發生，你之所以為你的本質便會如實地灰飛煙滅，永遠不再存在，而覺知的本身則不會有任何改變。謊言終將滅去，但真實會如常存在。」

「我是在覺知中出生的？」

「你當然是在覺知中出生的。」

「我也會在覺知中死亡？」

「是啊，雖然你現在仍然存活著，而且還有看不見盡頭的日子可以讓你繼續存活下去，但終有一天你的死亡會真正來到。」
「不過，就算我真的死了，覺知也會繼續存在著？」
「沒錯。」
「按照你的說法，甚至在我的父母尚未將我生下來之前，覺知也一樣早就存在了，是這樣嗎？」
「覺知永遠都在啊，它涵蓋了全部的時間。」
「這就是你所謂的先後次序？」他問道。
「這麼說吧。首先，因為覺知涵蓋了全部的時間，所以它既沒有從何處開始，也不會在何處結束。而所謂的先後次序，則是指你之所以出現了的先後次序，也就是指你之所以出生了的過程。」我說，「但關於出生這件事，你除了搞錯先後次序之外，你其實還搞錯了另外一個重點，那就是你並不是被你的父母生下來的。」
「我並不是被我的父母生下來的？」他整個人呆住。
「不是喔，」我回答，「雖然你的父母的確是幫你生了一個肉體出來，但真正的你卻不是被你的父母生下來的。」

「真正的我？」他皺起眉頭。

「嗯，你是誰呢？」我們又回到這個最基本的問題，「你之所以為你的本質是什麼呢？是被你的父母所生出來的肉體嗎？」我再次比出拿刀揮舞的姿勢。

「呃，似乎不是。」他小心翼翼地回答。

「為什麼不是呢？」我問他。

「這個嘛──」他斟酌著該如何解釋，「如果肉體就是我之所以為我的本質，那只要你殺了我的肉體，我就絕對不應該再存在了才是。可是事實好像並非如此，看樣子覺知似乎真的是一直存在著的。所以既然你沒有辦法藉由殺了我的肉體來剝奪所有覺知，我之所以為我的本質當然也就不是這個肉體了。」

「那麼如果我又殺了你的靈魂呢？」我再問他。

「殺了我的靈魂？」他愣了一下。

「對，殺了你的靈魂。」我說，「你不是認為你之所以能夠存在不只是因爲你擁有肉體，更重要的是你還擁有靈魂，所以如果我再試著殺了你的靈魂呢？」

「再試著殺了我的靈魂？你真的有辦法做到嗎？」他懷疑地說，「如果我的肉體是由物質類的覺知而來，我的靈魂是由非物質類的覺知而來，那你怎麼有辦法同時殺了我的肉體和靈魂呢？既然覺知永遠都在，物質類的覺知與非物質類的覺知又怎麼可能同時都不存在呢？」

「沒錯，所以我才會說，只要範圍界定仍然存在著，你就不可能死亡，這世上並沒有任何外來力量有辦法殺死你。」我回答。

「因為我之所以為我的本質既不是肉體也不是靈魂，而是被範圍界定所保護住的核心概念，因此也唯有這個核心概念完全粉碎了，我才會真正的死亡，是嗎？」他接著說下去。

「是的，肉體、靈魂或者其他的任何東西只不過是核心概念用來定義自身所使用的材料而已，所以當然唯有這個核心概念完全粉碎了，你才會真正的死亡。」我給他鼓鼓掌，「同樣的，在無始無終的覺知裡，當核心概念第一次出現的一剎那，你才真正出生了，那才是你真正的出生時間。」

「當核心概念第一次出現的一剎那，我才真正出生了？」他倒吸一口氣。

「是啊，肉體的死亡並非你真正的死亡，核心概念的死亡才是你真正的死亡；同樣的，肉體的出生也並非你真正的出生，核心概念的出生才是你真正的出生。」我對他說，「只要你親身經歷了死亡的真正過程，你自然也會了解你之所以出生了的過程。因為真正的死亡會令你回復到出生前的存在狀態，你倒帶到了最開始的地方，於是你自然會了解這一切究竟是如何發生的。」

「只要我親身經歷了死亡的真正過程，我就會發現我其實並不是被我的父母生下來的？」他一臉難以置信。

「正是如此。」我回答。

「如果我不是被我的父母生下來的，那我又是如何蹦出來的呢？總不會是我把我自己給生出來了吧，那也太怪異了。」他大聲說。

「你不需要也無法用猜測來了解真實到底是怎麼一回事，你只要能夠做到百分之百誠實地面對它，它終有一天會如實顯現的。」我對他笑了笑，「而且知道自己其實並不是被父母生下來的人不是老早就存在了嗎？」

「誒，有嗎？」他嚇一跳。

「有啊，那個從伯利恆來的死者不是在兩千年前就已經說過了嗎？」我回答。

「從伯利恆來的死者？」

「嗯，從伯利恆來的死者。」

「啊，被釘在十字架上的那一位？」

「沒錯，就是他。」

耶穌說：「你們說我是誰？」

西門．彼得回答說：「你是基督，是永生 神的兒子。」

耶穌對他說：「西門．巴．約拿，你是有福的！因為這不是屬血肉的指示你的，

乃是我在天上的父指示的。」

—馬太福音 16:15

耶穌說：「我雖然為自己作見證，我的見證還是真的；因我知道我從哪裡來，往哪裡去；你們卻不知道我從哪裡來，往哪裡去。你們是以外貌判斷人，我卻不判斷人。

就是判斷人，我的判斷也是真的；因為不是我獨自在這裡，還有差我來的父與我同在。」

——約翰福音 8:14

「難道你現在打算使用馬利亞從聖靈懷孕的典故了嗎？」他說，「你是基督徒？」

「我不是基督徒。」我回答。

「既然你不是基督徒，你為什麼要使用聖經的典故來解釋耶穌的誕生呢？」他質問我。

「不，我可沒有要使用聖經的典故來解釋任何一件事，我只是說從聖經裡的記載內容看來，有人早已發現自己其實並不是被父母生下來的，如此而已。」我聳聳肩，「真實就只是隨時隨地都與你直接面對面的東西，它和任何信仰都沒有關係，只有不真實的東西才會需要你的信仰。」

「你的意思是說，耶穌是自己發現自己是如何出生了的嗎？」他問道。

「嗯，看樣子他應該是已經親身經歷了死亡的真正過程，所以也就知道自己是如何出生了的。」我回答。

「看樣子？為什麼是看樣子？你不能確定這件事的真偽？」他不滿意我的回答。

「那麼請問你，對於我是誰這種問題，有誰能夠給出真實的答案呢？」我先反問他。

「只有當事人自己才有可能找到真實的答案啊，」他說，「因為只有直接面對面才是確認事物真實性的唯一途徑，不是嗎？」

「沒錯，除了當事人自己以外，絕對沒有第二個人能夠替他回答他是誰這個問題，絕對沒有。」我說，「所以你認為到底有誰能夠替耶穌回答他是如何出生了的問題呢？」

「這—只有耶穌自己才能夠回答嗎？」他沒有把握地說。

「完全正確。」我點點頭。

我雖然為自己作見證，我的見證還是真的，
因為我知道我從哪裡來，往哪裡去。

你不知道我從哪裡來，往哪裡去，
因為你並不是我，你只能為自己作見證。

不過，一旦你親眼看見了自己從哪裡來，往哪裡去，
你自然就會知道我從哪裡來，往哪裡去，
因為我其實就是你的投影。

——死者如是說

「你不是耶穌，所以你自然不能夠替他回答只有他才能夠回答的問題。可是你以自身

的觀點來判斷，耶穌應該已經知道自己是如何出生了的，他已經知道自己究竟是誰了，是嗎？」他問道。

「嗯，差不多，但也不完全是這個意思，」我回答，「因為我並不是以自身的觀點在做判斷的，你判斷人，我卻不判斷人，那實際上做出判斷的並不是我。」

「不是你在做出判斷的？」

「不是，就像我的手臂並不是由我在控制，那做出判斷的當然也不是我。」

「那又是什麼東西在做出判斷呢？」

「是什麼東西控制著太陽每天從東方升起，從西方落下，就是什麼東西在做出判斷的。」

「這什麼意思？誰聽得懂你在說些什麼啊。」他生氣了。

「耶穌應該聽得懂我在說些什麼喔，」我回答，「不過，一個活人也的確不可能聽得懂一個死者在說些什麼啦。如果你能夠真正聽懂我在說些什麼，你早就不應該會是個活人，而只會是個死者了。人不可能在已經直接見到真實的當下卻還同時被謊言蒙蔽著，對吧？當你已經知道電話那頭是詐騙集團時，你還會繼續匯錢給對方嗎？當你仍然持續不斷地匯錢給對方時，不就代表了你其實並不知道對方是詐騙集團，這不是顯而易見嗎？所以一個活人自然是聽不懂一個死者在說些什麼的。然而，對於兩個死者來說，聽懂彼此所說的話則不會有什麼困難。」

「兩個死者？你是指真正的死亡，而不是指肉體的死亡嗎？」

「當然，肉體的死亡又不是真正的死亡。」

「因為耶穌已經真正地死了，所以他也就知道自己是如何出生了的？」

「是啊。」

「那麼他真的是耶和華—呃，也就是永生神的獨生子？」戴德門直直盯著我。

「嗯，這樣說也沒什麼問題，畢竟在他當時所處的時空環境下，這就是一種適合他的形容方式。只是我大概不會用這種方式來形容啦，我又不是生活在兩千年前的中東。」我說。

「那你會怎麼形容呢？」

「我是在覺知中出生的。」

「就這樣？」

「就是這樣，毫無疑問。而且你也是在覺知中出生的—每個人都是，不可能有任何一個人例外。」

「我也是在覺知中出生的？」他喃喃自語，「那麼覺知與永生神，這兩個該不會是—」

「沒錯，這兩個就是同樣的意思，」我說，「這只是形容同一件事的兩種不一樣方式而已。自古以來，雖然真正死了的死者並沒有太多，但也不會只有一、兩個人，因此不一樣的死者在不同的時空環境下自然就有可能用上不一樣的形容方式，即便他們所指的都只是同一件事。」

「可是如果每個人都是在覺知中出生的，那豈非每個人都是永生神的兒子了，但耶穌不是永生神的獨生子嗎？」他一臉懷疑。

「耶穌的確可以說是永生神的獨生子。」我回答。

「既然耶穌是永生神的獨生子，那永生神又哪來的其他兒子呢？」他提出質疑。

「雖然每個人都是永生神的兒子，但永生神也的確只有唯一一個獨生子而已，這完全沒有任何矛盾。」我回答。

「這怎麼會沒有矛盾，這明明就互相矛盾的吧。」

「沒有喔，這沒有任何矛盾。因為在耶穌的世界裡，他的確就是唯一的獨生子，而你則是鏡中的他自己；但是在你的世界裡，你才是唯一的獨生子，而耶穌則是鏡中的你自己，真實就是這個樣子的。」

「耶穌是鏡中的我自己？」

「是啊，不然你以為為什麼會有所謂的耶穌從死裡復活呢？」

「耶穌從死裡復活？難道這跟真正的死亡也有關係？」

「當然有關係。當死亡已經在你身上直接發生，真實的原貌就會如實顯現，那麼你就可以因此見到永生神那唯一的獨生子了，這就是耶穌從死裡復活的意思。」

「這是耶穌從死裡復活的意思？」他不斷搖著頭，「可是我一點也看不出來真實為什麼會是你說的這個樣子啊。」

「我知道，因為覺知被謊言蒙蔽著，所以你自然看不出來真實原本是什麼樣子。」我向他解釋。

「覺知被謊言蒙蔽著？但謊言到底是在哪裡，我怎麼可能完全看不出來呢？」他不同意我的說法。

「你之所以看不出來謊言在哪裡的原因其實也很簡單，因為謊言並無法識破謊言，只有真實才能夠識破謊言。活人本來就看不出來謊言到底是隱藏在哪裡的，只有死者才看得見謊言的全貌。」我對他說。

「那你又為什麼看得見謊言在哪裡了？在你還沒有真正死了之前，你總該是個活人吧。」他不服氣地說。

「當我還是個活人的時候，我自然就和現在的你一樣看不見問題到底是出在哪裡。」我說，「只不過，我雖然看不出來謊言隱藏在哪裡，我卻又感覺到了它的存在。更重要的是，我無法假裝自己感覺不到它的存在，因為它會令我產生過敏反應。」

「過敏反應？」他吃了一驚，「謊言會令你產生過敏反應？」

「是啊，謊言正是那個會引發我產生嚴重過敏反應的過敏原，我就是因此才死了的。」

我回答。

過敏原

at 2:40PM

你若不是處在全然的真實裡，
你便是活在謊言中。

因為——
真實就只能是全然的真實，
它如果不是全然真實的，
它就是不真實的。

在真實與謊言之間，有一個臨界點，
你要嘛是個活人，要嘛是個死者，
如此而已——
真實與謊言就是以死亡作為分界的。

——死者如是說

只要核心概念仍然存活著，它與存在本身就不可避免會不斷地產生衝突。這些衝突雖然有時大、有時小，但完全沒有任何衝突的狀態就是不可能發生。這個道理淺顯易懂，因為謊言不論如何改變，它也絕對無法可以變成真實，所以它與真實之間自然就是存在著矛盾。真實本來是沒有任何問題的，真實就只是真實，何來的衝突與矛盾。所有的衝突與矛盾全部是源自於對真實的誤解，也就是源自於謊言而已。

由於謊言，那不真實的被當成了真實，而這同時也就導致了真正的真實變得無法被看見。任何人只要仍然活在謊言中，他與存在本身就有著這種根本上的矛盾。這個根本上的矛盾製造出衝突，衝突又引發痛苦，於是人們便陷入反覆生起的痛苦裡無法自拔。在謊言無餘依滅盡之前，痛苦的輪迴就是不可能停下來。

「你是因為對謊言產生嚴重的過敏反應才死了的？」戴德門驚訝地說。

「是啊。」我回答。

「謊言怎麼會是一種過敏原呢？」他一臉難以置信。

「對於絕大部分的人們而言，謊言的確是不會令他們產生過敏反應，就像大多數的人吃蝦子並不會過敏一樣，」我說，「但我對蝦子就是會過敏，謊言也是。」

「一般人對謊言也是會心生排斥的吧，把這個說成致命的過敏原不是太小題大作了嗎？」他不以為然。

「不，一般人可沒有對謊言生起排斥反應。」我說。

「咦，是這樣子嗎？」他露出懷疑的表情。

「當然是這樣子，不然難道你能夠相信任何一件自己不願意相信的事嗎？」我問他。

「相信任何一件自己不願意相信的事？」他愣了一下，「這應該不可能的吧，只要我相信了一件事，那不就代表了我願意相信它嗎？」

「正是如此，人們只能夠相信自己願意相信的事而已，不論你選擇相信或不相信一件事，那一定都是出於你自身的意願，沒錯吧？」我再問他。

「呃，這不是理所當然的嗎？」他回答。

「所以並沒有除了你自己以外的任何人能夠替你選擇相信或不相信一件事，對不對？」我繼續追問。

「喔，」他考慮了一下，「的確沒有任何人能夠替我選擇相信或不相信一件事，那只會是出於我自身的意願而已，但這又如何呢？」

「既然所有的相信與不相信都是出於你自身的意願，那麼豈有除了你自己以外的任何人有辦法欺騙你呢？」我對他說，「這世上一切的謊言本來就不是從外面生起的，而你並沒有對它起排斥反應。」

謊言就是被當成了真實的不真實，
而這世上唯一有能力將不真實變成真實的也就只有你自己一人而已。

——死者如是說

「謊言不是從外面生起的？那難不成這世上所有的謊言都是我自己編造的嗎？」他大聲駁斥。

「這麼說好了，雖然這世上任何人都可能說謊，但唯一有能力欺騙你的就只有你自己一人而已。」我回答。

「我才不會欺騙我自己。」他漲紅了臉。

「我知道。」我笑著說。

「你知道？」

「嗯，我知道你會這麼回答，這很合理，你自然不可能認為你會欺騙你自己，因為謊言是不可能識破謊言的，只有真實才能夠識破謊言。對你來說，只有別人會欺騙你，你怎麼可能會欺騙你自己呢？核心概念永遠也做不到站在除了自己以外的立場來想事情，這很正常，它就是只能以自我為中心來做出所有判斷。核心概念一旦已經將某件事物視之為真，它就無法再於同時將其視之為假。當它認為某塊其貌不揚的石頭就是寶物時，那塊石頭就會真的變成貨真價實的寶物，沒有任何外來力量可以改變它的這個認知，除非核心概念自己改變了。在你存活著的世界裡，你就是真與假的唯一度量衡，何者為真，何者為假，完全是由你一人在做判斷的，所以你如何能夠做出自己視之為假的判斷呢？你只能夠做出自己視之為真的判斷而已。因此，你當然不可能認為你會欺騙你自己啊。可是問題的癥結是在於，這世上除了你自己以外，卻再也沒有任何其他人具有可以欺騙你的能力，因為所有的欺騙都必須經過你的首肯方能成立，無一例外。選擇權只在你一人手上而已，你就是唯一的權力者，所以謊言如何能夠從外面生起呢？」

「你的意思是說，因為謊言是由我而起的，所以我才無法識破它？」

「是啊，雖然你並不認為你會欺騙你自己，但謊言又確實是只能從你身上生起而已。」

「如果謊言都是從我身上生起，而我也無法識破它，那我怎麼知道它是不是真的存在呢？」

「你看吧，你連謊言的存在都沒有能夠察覺到了，所以你怎麼可能有對它生起排斥反應。不過，就算你沒有察覺到謊言的存在，那也不表示謊言就真的不存在了。沒有被察覺到的謊言仍然會持續不斷地製造與存在本身的衝突，而那些外顯出來的衝突你總應該是有察覺到的。」

「外顯出來的衝突？」他不了解這是什麼意思。

「嗯，謊言是因，而外顯出來的衝突就是果。雖然你沒有能夠察覺到因的存在，但是當果顯露出來時，你總應該是有察覺到的。」我向他解釋。

「果？」他面帶疑惑，「你是指因果的果嗎？」

「對，就是因果的果，也就是前因後果的後果。謊言是前因，而衝突則是後果。」我回答，「因為謊言將不真實的當成了真實，所以自然就會與真正的真實產生衝突。雖然你沒有能夠察覺到衝突是如何生起了的前因，但衝突的後果你總應該是有嚐到的。這好比有一天你莫名地就感到肚子痛，雖然你不知道你為什麼突然就肚子痛了，但肚子痛卻又是實實在在發生的現實。為了緩解肚子痛的難受，你服下各式各樣的止痛藥，而疼痛的感覺也的確暫時消失了，可是由於造成你肚子痛的原因並沒有被真正根除，所以你接下來也一樣會再次肚子痛。」

「肚子痛？」他皺了一下眉頭，「我與真實之間有存在著這樣子的衝突嗎？」

「難道沒有？所以你與真實之間不存在著任何衝突嘍？」我反問他。

「與真實之間的衝突嗎？」他側著頭想了想，「那可能得看看所謂的真實是要如何定義的吧。」

「真實就只是真實而已，它還要如何定義呢？」我說，「與你的定義相一致的才真實，與你的定義不一致的就不真實了嗎？一件事物是否真實當真是由你說了才算數？」

「呃，也不是這樣啦。」他揮著手否認。

「不是這樣？那是怎樣呢？」我微笑看著他。

他考慮了一會兒，「我想所謂的真實應該是不論我承認它或否認它，它都一樣是真實的，那才叫做真正的真實吧。」

「沒錯，真實就是隨時隨地都與你直接面對面的東西。所以不論你是承認它或否認它，只要一件事物在覺知中生起了，它就真的是生起了，真實就是這個樣子的。」我給他鼓鼓掌，「當正確的時節來到，櫻花便會盛開。在覺知中生起的每件事物都是一朵朵盛開的櫻花，如果不是因為它開花的條件已經具足，它是不會開花的，而一旦它開了花，也就代表了它是非開花不可的，這就是真實。在真實的世界裡，每一件發生了的事都只是因為它理應發生，不可能有任何一件不應該發生的事卻發生了，也不可能有任何一件應該發生的事卻沒有發生。你說你是因為嚮往能夠從事主動尋找真相，以維護社會公平正義的工作，所以才成為了一位檢察官。可是真相明明就一直擺在你眼前，你還要去哪裡尋找？而且公平正義也從來未曾失去過，它又何以需要你的維護呢？」

「公平正義從來也未曾失去過？這怎麼可能，總不會那些殺人越貨的惡事也只是因為它們理應發生吧。」他不高興地說，「如果真相就是如此，那麼這樣子的真相我寧可不要。」

「這樣子的真相你寧可不要？所以你到底是想要知道真正的真相是什麼，還是只打算把真相幻想成你心目中的樣子而已呢？你這不正是在逃避它嗎？如果真相就是一坨大便，你敢為了知道它到底是什麼而一口把它吞下去嗎？你說過在尚未確認何者為真之前，你都不會停下尋找的腳步，不是嗎？」我問他。

「我確實是這麼說的，不過這也不代表每一件發生了的事就都是──」他支支吾吾，

「呃，就都是──」

「就都是可以讓人接受的，是嗎？」我替他把話說完。

「是啊，」他回答，「難道像是隨機殺害女童這種事也是可以讓人接受的嗎？」

「你不能接受，對吧？所以你與真實之間到底有沒有存在著衝突呢？」我再問他一次這個問題。

「好吧，我承認我的確無法將每一件發生了的事都只是視為理所當然，這怎麼可能呢？」他回答。

「對你來說，這確實是不可能的，只要核心概念仍然存活著，它與存在本身就不可避免會不斷地產生衝突。謊言如何能夠完全不與真實產生衝突呢？這自然是不可能。」我說，「在你的世界裡，衝突必定是會反覆生起的。每次當你感到肚子痛時，你就服下各式各樣的止痛藥以緩解疼痛的感覺，可是由於造成你肚子痛的原因從未被真正根除，所以你的肚子痛在不久之後肯定又會再度生起。」

「我與真實之間之所以存在著衝突，是因為謊言從未被真正根除？」他半信半疑地說。

「是的。」我回答。

「也就是說，從謊言被真正根除的那一天開始，這樣子的衝突就不會再發生了嗎？」

他問道。

「當然啊，只有謊言才會與真實產生衝突，真實是要如何與真實產生衝突呢？」我回答，「從你的角度來看，要與在真實中發生的每一件事都不產生衝突，那簡直無法想像。不過，若是從我的角度來看，要與在真實中發生的任何一件事產生衝突，那才真的叫絕無可能。」

「但你說謊言都是由我而起的吧？」他接著問道。

「沒錯。」我回答。

「那麼只要我停止編造謊言，衝突不是就不會再發生了嗎？」他說。

「也沒錯，所以你停止編造謊言了？」我問他。

「不，應該說我本來就不覺得我有在編造謊言。」他理直氣壯地回答。

「你不覺得你有在編造謊言，可是真實中卻又明明存在著許多讓你感到難以接受的事，是不是？」我說。

「嗯，」他回答，「但這不是很稀鬆平常嗎？」

「這的確很稀鬆平常，因為這正是只察覺到果，卻沒有察覺到因的標準反應。」我拍拍他的肩膀，「當你與真實之間產生了衝突時，你一直在做的就只是想辦法將真實幻想成與你心目中的認知相一致，你從未察覺到其實衝突正是源自於你的認知。真實是不會犯任何錯誤的，真實就只是真實而已，它如何能夠出什麼錯呢？會出錯的就只有你的認知罷了。」

「會出錯的就只有我的認知？」他目瞪口呆。

「這還需要懷疑嗎？不然你與真實之間又怎麼會一直產生衝突呢？」我聳聳肩。

「難道我真的從未停止編造那個──呃，連我自己也沒有能夠察覺到的謊言？」他不可置信地說。

「是啊，沒有因，何來果？」我回答，「因為謊言將不真實的當成了真實，所以才與真正的真實產生了衝突啊，這就是衝突之所以發生的原因。問題是，當衝突已經實實在在發生了時，你是怎麼反應的呢？」

「我是怎麼反應的？」他一臉困惑。

「嗯，當衝突已經發生了時，你是怎麼反應的？」我再說一遍。

「那得看具體上是發生了什麼樣子的衝突吧。」他回答。

「這倒也是，那我們只好再來做一次小實驗了。」我對他說。

「小實驗？」他嚇一跳，「難不成又要叫我拿香菸燙自己的左手嗎？」

「不了，你不是不想要做這個實驗嗎？所以我們得換一個令你無法拒絕的方式。」我故作神秘地說。

「換一個方式？」他好奇地問。

「沒錯，而且這個方式並不是我發明的，這是耶穌在兩千年前就已經發明了的實驗方式。」

「耶穌？」

「對，就是他。」我一邊說話，一邊往戴德門的面前靠近──啪，然後立刻迅雷不及掩耳地打他右臉一巴掌。

「你幹什麼！」他驚訝地撫著臉。

「生氣了嗎？」我問他。

「廢話，你在幹什麼！」他憤怒地對我吼叫。

「就打你啊。」我一邊回答，一邊冷不防—啪，馬上又打他左臉一巴掌。

「住手，你到底想要幹什麼！」他用力把我推開。

「喔，這就是你的反應方式嗎—把我推開，叫我住手？」我若無其事地說。

「什麼叫我的反應方式啦。」他還是怒不可遏。

「就是遇到衝突時的反應方式啊，」我回答，「當你遇到衝突時，你的自我防衛機制會立刻反射性地開始運作，對不對？」

「這是當然的，只有腦袋不正常的人才會乖乖等著被打吧。」他瞪著我。

「的確如此，只要是一般的正常人，當他意識到自己正遭受攻擊—不論是物質類或非物質類的攻擊，他的自我防衛機制就會馬上啟動，這是核心概念為了保護自身存活而建立起來的免疫系統。這個免疫系統會反射性地與被判定的入侵者展開作戰，並且努力嘗試將敵人殺死或至少是驅逐出境。這也就是為什麼當我打你一巴掌時，你會立刻把我推開，叫我住手。」我向他解釋，「不過，雖然一般的正常人在遇到衝突時大概都會是這樣子的反應方式，可是有些人卻偏偏會反其道而行。」

「有些人會反其道而行？」他抿著嘴，「呃，你剛剛說─這是耶穌發明了的實驗方式？」

「是啊，如果有人打你的右臉，那麼─」我板起臉孔，假裝一本正經地對他說。

「那麼就連左臉也轉過來由他打。」他接著我的話，「我知道耶穌這麼說過，但為什麼呢？這一點都不合理吧，難不成在我打了你的右臉之後，你真的會把左臉也轉過來讓我打嗎？」

「不知道耶，我並不確定我會做出什麼反應，因為這畢竟不是我在做決定的，那差我來的決定我應該要如何反應，我自然就會如何反應。我有可能把左臉轉過來讓你打，也有可能反過來打你一巴掌，我或許會掉頭就走，也或許會當場乾脆把你給殺了，但只有等它真正發生了時，我才能知道我究竟會做出什麼反應。」我兩手一攤。

「既然這樣，你幹嘛還要對我做這個實驗呢？」他面露不滿。

「因為這個實驗本來就是只對活人才有用，對一個已死之人則是完全沒有用啊，只有活人才會與真實產生衝突，一個已死之人又無法與真實產生衝突。」我回答，「當實驗對象早已不存在了時，實驗又如何能夠成立呢？」

「好，那對一個活人來說，這個實驗到底是有什麼用處啦。」他咄咄逼人地說。

「這個實驗可以用來看出一個活人有沒有開始察覺到謊言的存在喔。」我耐心地回答。

「難道你的意思是說，當一個活人已經開始察覺到謊言的存在，他就有可能產生異常的反應了？」他皺著眉頭問道。

「沒錯。」我回答。

「為什麼會這樣？」他一臉不解。

「因為一般人在遇到衝突時只是察覺到了果的存在，所以當衝突發生了時，他們想要的也就只是盡快擺脫這個讓人難以接受的果而已。可是有些人卻對這種總是在逃避問題的處理方式開始感到不滿意—事情為什麼非得是這樣子的呢？這裡面是出了什麼問題嗎？於是，為了把事情的來龍去脈搞清楚，這種人不但不會努力避開衝突發生之處，反而還會不顧一切地迎頭撞上去。」我說。

「不顧一切地迎頭撞上去？」他訝異地張大嘴。

「嗯，因為衝突之所在，即是謊言之所在。所以那些對謊言已經產生過敏反應的人才會不但不努力避開衝突發生之處，而且還不顧一切地迎頭撞了上去。」我再解釋一遍。

「為了要搞清楚事情的來龍去脈嗎？」他說。

「沒錯，他們已經不想再逃避了。」我回答。

「逃避？誰在逃避？」他疑惑地說。

「就你啊，也就是一般的正常人。」我回答。

「我在逃避？沒有吧，我在逃避什麼呢？」他不同意我的指控。

「你在逃避真實啊，」我對他說，「當你與真實之間產生了衝突時，你的標準做法就只是一味地逃避它而已，所以你才會看不見它原本的樣子。」

「我在逃避真實？我有嗎？」他不以為然。

「毫無疑問的，若非你一直以來都無法百分之百誠實地面對真實，你又豈會看不見它原本的樣子？真實就只是隨時隨地都與你直接面對面的東西，你有什麼理由看不見它呢？唯一的理由就只有你不斷地在逃避它而已。」我說，「你把自己困在一個由無數謊言所構成的密室之中，所以你當然不可能看見真實原本是什麼樣子啊。」

由於真實令人難以下嚥，
你用謊言將它阻隔在外。
從此你把自己困在一個由無數謊言所構成的密室之中，
然後再也不去理會究竟什麼才是真正的真實。

——死者如是說

密室

at 3:00PM

小時候，我家附近有間不甚起眼的寺院。這間寺院既不燒香，也不拜拜，因此幾乎沒有香客或旅人會到這裡拜訪，勉強算得上是客人的大概只有我這個小鬼。寺院不管平日、假日都有對外開放，但與其說是對外開放，倒不如說是它的寺門從來不會關。

我常常在學校下課後溜到這間寺院，然後一個人待在空蕩蕩的大殿裡一段時間。寺院其實有人管理，可是我卻很少碰見這裡的大人們，我猜想他們或許不太在乎一個不知道從哪裡冒出來的小鬼吧。然而這正合我意，我本來就只是來見大殿裡安坐著的佛像而已，比起那些無時無刻不在忙來忙去的大人們，這個動也不動的佛像反而更引起我的注意。巨人般的佛像平穩地坐在高臺，半閉著眼默默凝視下方，我也目不轉睛抬頭看著它，我們就這樣靜靜地保持著面對面的姿勢。問題是，就算我正面迎向了它的視線，它的眼神卻並非停留在我身上，所以它到底是在看著什麼東西呢？它的表情為什麼可以如此安定，彷彿已經把每一件事都看得一清二楚？我以後也能夠像它一樣看見它所看見的東西嗎？它到底是看見什麼了呢？

「我把自己困在一個密室之中了？」戴德門懷疑地說。

「是的。」我回答。

「不，我並不覺得我有被困在什麼密室之中。」他搖搖頭。

「我知道。」我從容不迫地說。

「你又知道了？」他哼了一聲。

「嗯，既然你連謊言的存在都沒有能夠察覺到了，你又豈會因此感到自己被困在一個密室之中呢？」我對他說，「只有那些對謊言已經產生過敏反應的人，才會發覺自己不知為何就莫名其妙地存活在一個充滿違和感的世界裡。」

「充滿違和感的世界？」

「是啊，在你存活著的世界裡，真實總是會一直與你產生衝突的，不是嗎？我只不過是打你兩巴掌，你就已經怒不可遏，就別說將來還有一個接一個可能讓你更加難以接受的事會繼續出現在你的生活之中了。可是當你與真實之間產生衝突時，你是怎麼反應的呢？在我看來，你就只是一味地逃避它而已。」

「我只是一味地逃避──真實？不，我可沒有這麼覺得。」他斬釘截鐵地說，「沒有人應該無緣無故被打巴掌的吧，難道在被你打了兩巴掌之後，我連生個氣也不可以嗎？」

「當然可以，怎麼不可以了，你不但可以生氣，而且即使你氣到打算把我給殺了也一樣是可以的喔。」我回答，「只不過，然後呢？」

「然後呢？」他不了解這是什麼意思，「然後又怎麼了？」

「然後你從此就能確保自己再也不會被無緣無故地打一巴掌了嗎？」我問他。

「喔，」他愣了一下，「這個─呃，雖然說不上是確保啦，但總不能什麼都不做吧。」

「我有說你什麼都不能做嗎？事實上你要做什麼都是可以的，我只是在問你：然後呢？你的問題解決了嗎？」我再問一次。

「我的問題？」

「就是無緣無故被打一巴掌的問題啊，如果緊接著來了一個人二話不說地就踢你一腳，那又如何呢？你總該有聽過什麼叫做禍不單行吧。」

「禍不單行？才不是咧，你這根本擺明了是在故意找我麻煩。」他大表不滿。

「所以你的問題現在又變成沒有人應該無緣無故地找你麻煩了，是嗎？」我繼續追問。

「唉，」他嘆了一口氣，「你非得這樣咄咄逼人嗎？這麼做到底有什麼意義呢？」

「很莫名奇妙，對不對？但不論是多麼莫名奇妙的事，只要它一旦發生了，它就真的是發生了。這好比你睡覺睡得正香甜的時候，卻不知為何就忽然做了一場被我無緣無故找麻煩的惡夢。」我說。

「惡夢？」

「嗯，每次當你在這樣子的惡夢中苦苦掙扎，覺得十分難受時，你便會用力地左右翻身，以尋找一個比較舒服的睡姿。接下來你的惡夢也許就慢慢褪去，甚至還做了幾個好夢，直到下一個惡夢又生起了為止。你的生命就是以這種模式在反覆循環的，過去是，現在是，未來也是。」

「我的生命是以這種模式在反覆循環的？」他睜大眼睛，「總不會我從來都沒有醒過來的時候吧？」

「你真的有醒過來？」我反問他，「所以你現在已經不會再與真實產生任何衝突嘍？」

「喔—難道你的意思是，只要我醒過來，我就應該不會再與真實產生衝突了？」

「當然啊，如果不是因為你一直身處夢境之中，你又怎麼會與真實產生衝突呢？」

「那難不成這個夢境就是—將我困住了的密室？」他若有所思地說。

「沒錯，你就是被困在這個夢境之中，從來也未曾醒過來。」我回答，「在夢境裡，你難以察覺到自己正在做夢，因此你就這麼一直睡、一直睡，從遙遠的過去，再到看不見盡頭的未來。」

「我真的被困在夢境之中了？」他還是半信半疑，「就現在嗎？」

「是的，就是現在。」我回答。

「可是我一點也察覺不到啊。」他大聲說。

「沒關係，雖然你察覺不到你之所以被困在夢境之中的前因，但後果你總不至於察覺不到的。只要你尚未從夢境中醒過來，真實就會不間斷地敲這個密室的房門，這正是它在對你發出訊號。」我做了個敲門的動作。

「訊號？什麼訊號？」他露出不解的表情。

「就是──」我飛快地揚起右手，朝他臉上揮了過去。

「哎呀！」他往後一閃，恰恰躲過我的一巴掌，「衝突就是訊號。」

「答對了，衝突就是訊號。」我給他鼓鼓掌，「即便身處夢境之中的你難以察覺到自己正在做夢，然而由於那不真實的必將與真正的真實產生衝突，因此在衝突發生之處自然就會發出一個異常的訊號來。」

「我懂了──衝突之所在，即是謊言之所在。」他脫口而出。

「正是如此，你有沒有看過二〇一〇年由李奧納多主演的一部電影『全面啟動』呢？」我問他。

「那個『盜夢者』的故事？」

「沒錯，那麼你記不記得，電影裡的主角是如何分辨自己當下到底是身處夢境之中，還是身處真實之中的？」

「我記得是利用一個陀螺──只要在夢境之中轉動陀螺，陀螺就會永無止盡地轉動下去；可是如果陀螺最後慢慢地停了下來，那就代表主角已經回到了真實的世界。你的意思該不會是，這真的要用一個陀螺來判斷吧？」

「當然不是，你只需要仔細聆聽真實對你發出的訊號就可以了。當衝突的訊號還在時，你就仍然身處夢境之中，這個衝突的訊號也就等於是你的陀螺。」

「就這麼簡單？」他驚訝地說。

「就這麼簡單。問題是——當你聽見了這個衝突的訊號後，你有因此從夢境中醒過來嗎？」我再度揚起右手在他面前揮舞。

「不——」他往後退了一步，「呃，我不知道。」

「你是說你不知道自己到底是醒著，還是身處夢境之中嗎？好，那也還有別種方法可以用來分辨。」我把右手放下來。

「還有別種方法？」他一臉好奇。

「是啊，你記不記得你是在什麼地方、從什麼時候開始出生到這個世界上的呢？」我問他。

「喔，我是三十二年前出生在臺北市的。」他不假思索地回答。

「我不是在問別人告訴你而你就一直當真了的答案，我是問你自己『記不記得』你是在什麼地方、從什麼時候開始出生到這個世界上的？」我再解釋一遍。

「我自己記不記得？」

「嗯，我問的就是你自己記不記得你是怎麼出生了的？對於未能親身經歷的事物，你並不能夠確認它們是不是真實無誤的，所以我問的自然是你自己記不記得。」

「這沒有可能記得的吧。」他提出抗議。

「我想也是，你的確不可能記得，因為這正是夢境的特性。當你仍然身處夢境之中，你就不可能記得起你的夢境到底是從哪裡開始的，你既不知你生從何來，也不知你死往何去，你只會直接出現在夢境的中段。」我說，「不論你的記憶力有多好，就算你像某些奇人異士一般宣稱可以記得自己的前世，或者再加上前前世，你也一樣無法記得在這所有記憶出現之前的一切又是從哪裡開始的。」

「這是真的嗎？我現在真的是在做夢？」他不可置信地喃喃自語，「可是夢境怎麼會如此真實了？」

「這有什麼好奇怪，夢境中的你自然會覺得一切都是真實的，而且夢境雖然是夢境，但夢境的背景也一樣是真實啊。」我說，「這世上一切的事物都是在真實之中生起，夢境也不可能例外，雖然你正身處夢境之中，但你身處的夢境也一樣是在真實之中生起的。只不過，因為你被夢境所困，所以你眼中看見的真實已經不是它原本的樣子，而是透過夢境所看見的樣子。」

「假使這真的如你所說，那我要如何才能夠從夢境中醒過來？」他直直盯著我。

「這是個好問題，只是你何必問一個你其實並不想要知道答案的問題呢？」我反問他。

「我不想要知道答案？為什麼這樣說？我想要知道答案啊。」

「沒有喔，你想要知道的是如何在夢境中睡得更安穩的答案，而不是如何從夢境中醒過來的答案—這兩者完全不同，事實上應該說它們完全相反。前者會使你的夢境變得更加堅固，但後者卻會將夢境徹底摧毀。也正由於你想要的是前者而非後者，所以你才沒有對謊言產生過敏反應。這點只要看你與真實之間產生衝突時，你是怎麼反應的就可以知道了。」

「我是怎麼反應的？」他皺著眉頭，「我的反應當真有什麼奇怪嗎？」

「老實說，你的反應倒也沒有什麼奇怪，因為這本來就是核心概念想要的反應方式。核心概念想要的就是在夢境中睡得更安穩，而不是從夢境中醒過來，這可說是生命的本能。因此，在面對與真實之間的衝突時，核心概念才一直採取了逃避的反應方式。」我回答，「如果你想要去到某個地方，你就當然必須朝著往目的地的方向前進，然後終有一天你才能夠到達那個目的地的，不是嗎？所以既然你從來都只是在往夢境的深處前進，你又怎麼有可能醒過來呢？這可是兩個完全相反的方向。」

「我其實並不想要從夢境中醒過來？」

「是啊，你想要的本來就只是在夢境中睡得更安穩而已，你並不是真的想要醒過來。正因為這樣，當我用你所謂無緣無故的標準打你一巴掌時，你才會只是反射性地把我推開，叫我住手。每當真實搖你一下以便將你從夢境中喚醒時，你卻只顧著把它推開，然後倒頭繼續睡覺。」

「我對衝突的反應方式透露出了我其實並不想要從夢境中醒過來？」

「沒錯，在正常的情況下，核心概念本來就不可能真的想要從夢境中醒過來，因為這等於是自殺的行為。對核心概念來說，醒過來這件事就只是個虛假的願望而已，不論它自認為自己已經醒過來多少次，那也只不過代表了它正身處另一個夢境之中。這個虛假的醒過來，莊子在老早之前就已經察覺到了。」

「莊子？」他側著頭想了想，「莊周夢蝶？」

「對，莊周夢蝶。」我回答。

昔者莊周夢為胡蝶，栩栩然胡蝶也，不知周也。
俄然覺，則蘧蘧然周也。
不知周之夢為胡蝶與？
胡蝶之夢為周與？

——齊物論

「有一天莊子夢見自己化身為一隻蝴蝶，可是當他從夢境中醒過來時卻又發現自己成為了莊子。於是他開始懷疑，自己究竟是那個夢見了蝴蝶的莊子，或者是那個夢見了莊子的蝴蝶？」我微笑看著他，「所以你認為他到底是莊子還是蝴蝶呢？」

「呃，我又不是他，怎麼會知道他到底是誰呢？你不是說這個問題除了當事人自己以外，絕對沒有第二個人能夠替他回答嗎？」他沒好氣地說。

「說得好，」我豎起大拇指，「那麼如果做夢的是你，你會認為自己到底是戴德門還是蝴蝶呢？」

「喔，這沒有什麼好懷疑的吧，我自然是夢見了蝴蝶的戴德門啊。」他回答得毫不猶豫。

「嗯，完全合情合理，夢中的戴德門當然不可能認為自己是隻蝴蝶，就像夢中的蝴蝶不可能認為自己竟然會是戴德門一樣。然而莊子卻懷疑起這件看來似乎是理所當然的事，顯然他已經開始察覺到了夢境中的違和感。」我說，「不過像莊子這種初步的過敏反應通常也不至於太過嚴重，一般來說這大概會在生起後沒多久就自動消失了。可是有極少數人的過敏反應在生起後不但沒有自動消失，反而還變得越來越嚴重，而這最後就可能導致情況徹底失控。」

「所以你現在說的這種過敏反應也就是像你一樣的過敏反應嗎？」他問道。

「是啊，就是像我一樣的過敏反應。」我回答。

「是對衝突起了過敏反應嗎？」他接著問道。

「不是對衝突起了過敏反應，而是對衝突背後的謊言起了過敏反應，這兩者完全不同。」我回答，「一般人都會對『果』產生過敏反應，但只有少數人會對『因』產生過敏反應。對『果』產生過敏反應是因為想要在夢境中睡得更安穩，而對『因』產生過敏反應則純粹是出於對謊言的不耐。」

「問題是，這兩者的差別到底在哪裡呢？」他滿臉疑惑。

「首先，當你與真實之間產生衝突時，那痛苦的感受便會立刻觸發你的自我防衛機制，你本能地想要盡快擺脫這個讓人難以接受的狀態。於是你在惡夢中苦苦掙扎，用力地左右翻身，以尋找一個比較舒服的睡姿，這就是對『果』起了過敏反應，也就是對衝突起了過敏反應。」我向他解釋。

「一般人都是這樣子反應的？」

「是啊，你就是這樣子反應的，當我打你一巴掌時，你的自我防衛機制不是馬上啟動了嗎？因為我打斷你香甜的好夢，所以你立刻反射性地把我推開，以制止我這種擾人清夢的行為，不是嗎？」

「那另外一種人的反應方式又有什麼差別？」

「一般人在遇到衝突時只是察覺到了『果』的存在，所以當衝突發生了時，他們想要的也就只是盡快擺脫這個讓人難以接受的『果』而已。可是有少數人除了對『果』起了過敏反應外卻還同時對『因』起了過敏反應，差別就是從這裡開始的。」

「對『因』起了過敏反應？」

「嗯，也就是對夢的本身起了過敏反應。當一般人還只是對惡夢產生過敏反應時，這種人卻對夢的本身也起了過敏反應。如果只是單純對惡夢產生過敏反應，那麼只要暫時想辦法擺脫惡夢的糾纏，夢境就可以很快回復平靜。但如果是對夢的本身起了過敏反應，那麼不論在夢境中如何苦苦掙扎，這種人也無法再度獲得平靜了，這就是差別。」

「就算是有這種差別好了，那又怎麼樣呢？」他挑戰似地看著我。

「對『因』的過敏反應如果不是太嚴重的話，那倒也不至於怎麼樣，因為輕微的過敏反應通常會在生起後沒多久就自動消失了。可是如果這種過敏反應在生起後不但沒有自動消失，反而還變得越來越嚴重，那麼情況最後就可能發展到徹底失控。」我對他說。

「徹底失控？」他一臉狐疑。

「沒錯，當一個人對『因』的過敏反應強度超過了對『果』的過敏反應時，他就會開始試圖衝撞這個將他困住了的密室，他無法忍受繼續待在任何夢境之中了。」我說，「當一個人對謊言的過敏反應已然嚴重到超越了對真實的恐懼時，他就有可能走到生命的轉折點，而等著他的是一條與原先完全相反的道路。」

「與原先完全相反的道路？」他眉頭越皺越緊。

「嗯，一條通向死亡的道路。」我回答。

轉折點

at 3:20PM

核心概念自出生後就一直持續存活著。

為了定義出自身的存在，
它用層層疊疊的範圍界定將自己保護住，
然而高聳的城牆雖然能夠阻隔外面，
卻也會困住裡面。

謊言畢竟並非真實，
此二者終究會不斷地產生衝突，
你若不是處在全然的真實裡，
你便是活在謊言中。

假使有一天──

你對謊言的過敏反應已然嚴重到超越了對真實的恐懼，
你就有可能走到生命的轉折點，
而等著你的是一條與原先完全相反的道路，
一條通向死亡的道路。

——死者如是說

「一條通向死亡的道路？」戴德門一臉訝異。

「是啊，任何人只要沿著這條路一直走下去，死亡最後就一定會發生。」我說，「只不過，並沒有人能夠強迫你走這條路。」

「換句話說，這必須要是自願的才行嗎？」他問道，「莫非你就是因為自願走這條路，所以最後才死了的？」

「也不是。」我回答。

「怎麼又不是了？」他翻了個白眼。

「我的確不是自願走這條路的，我僅僅是對謊言產生了嚴重的過敏反應而已，這與自我的意願毫不相干。」我耐心地回答，「這好比你吃下一口食物，可是當食物進到肚子裡時，你卻對它起了嚴重的過敏反應，於是你不由自主地把它吐了出來，那麼難道這樣也算是你自願把它給吐出來的嗎？沒有人強迫你把它吐出來，但你也算不上是自願把它給吐出來的，對不對？」

「把食物吐了出來？」他露出噁心的表情，「這條路走起來就像這樣子嗎？」

「當然不止這樣子，比這更要不堪多了。」我說，「在這條路上，你不止把所有食物吐了出來，而且連胃腸肝膽心肺也一併吐了出來，你想得到的所有東西全都被你給吐了出來，所以最後你就死了。」

「把所有東西全都吐了出來？」他張大口看著我。

「沒錯，就是所有東西—精確來說的話，這是指在你範圍界定之內的所有東西，不論是物質類或非物質類的。」我說，「在所有東西都被吐了出來的當下，範圍界定之內就什麼也沒有了，核心概念轉瞬間失去所有能夠將自身定義出來的材料，於是它的存在感就會忽然消失殆盡。」

「存在感會消失殆盡？呃，你是說我的存在感會消失殆盡嗎？」他問道。

「嗯，因為核心概念正是你之所以為你的本質，所以當它完全失去了將自身定義出來的能力時，它的存在感—也就是你的存在感—自然會消失殆盡。」我回答，「這就好像我們之前做過了的實驗一樣，當我大刀一揮把你的左手臂給砍下來時，你雖然一開始可能還殘留著這隻左手臂的些微存在感，但不久之後，這隻左手臂自然而然會從你的範圍界定之內被吐了出來，你將會失去這隻左手臂的存在感，它不再是你的左手臂了。不過這就只是一隻左手臂而已，即使失去了它，你也依然可以存活著。可是如果失去的並不只是一隻左手臂，而是在你範圍界定之內的所有東西，那麼你的存在感將會毫無疑問地完全消失殆盡。」

他深深吸了一口氣，似乎很難想像什麼叫做存在感的完全消失殆盡。

「所以這就是真正的死亡了嗎？」他直直盯著我。

「還不是，但也差不多接近終點線了。」我回答，「當範圍界定之內的所有東西都被吐了出來，核心概念就再也無法定義出自身的存在，它不知道自己究竟是什麼東西了。謊言一旦失去所有藉口，它就會被直接曝露在真實之下，沒有了範圍界定的保護，核心概念將通不過真實的檢驗而最終灰飛煙滅，這就是真正的死亡。」

「核心概念最終灰飛煙滅了？」

「是啊，你最終灰飛煙滅了。」

「然後呢？一切都不再存在了嗎？」他迫不及待地問道。

「是你不再存在，而不是一切都不再存在了，只有存在，沒有不存在這種東西。」我回答，「謊言可以滅去，但真實會如常存在—這就是真正的死亡。」

「我聽不懂你在說什麼啦。」他漲紅了臉。

「我知道，因為唯有死亡已經在你身上直接發生，你才會明白這到底是怎麼一回事。除此之外，你沒有任何其他方式可以用來了解死亡究竟是什麼。」我說，「你無法在還活著的狀態下經歷真正的死亡，不是嗎？所以為了向如你一般的活人形容這種死亡後的存在狀態，才會有人發明出一個以前沒有的新單詞來形容它。」

「新單詞？什麼新單詞？」他一臉莫名其妙。

「無我。」我回答。

「無我？佛教說的無我嗎？難道你是佛教徒？」他問道。

「不，我不是佛教徒，而且無我跟宗教信仰本來就沒有什麼關係，這只是被一個已死之人拿來形容其死後狀態的新單詞而已。」我對他說。

「一個已死之人？你是指—佛陀嗎？」他試探性地問道。

「沒錯，這個已死之人後來就被稱為佛陀，就像那個從伯利恆來的死者後來被稱為基督一樣。不過反正人都已經死了，叫任何名字又有什麼差別呢？」我回答。

「難不成你的意思是，佛陀跟耶穌都曾經走過這條通向死亡的道路嗎？」他驚訝地說。

「這是當然的，所有死者在其真正的死亡發生之前，都一定得先走完這條路。這個問題就好比問：在你成為赤身裸體之前，需不需要先把全身上下的衣服都脫光光呢？你覺得在你成為赤身裸體之前，不需要先把全身上下的衣服都脫光光嗎？」我問他。

「喔─在成為赤身裸體之前，當然得先把衣服都脫光光啊。」他回答。

「這就是了，如果沒有先走完這條路，真正的死亡也就壓根不可能發生。」我說，「在謊言尚未被完全清除乾淨之前，真實又怎麼可能如實地被看見呢？這正是一條清除謊言的道路，而路的起點就源自於對謊言的過敏反應。」

「所以佛陀一開始也有對謊言產生過敏反應嗎？」他問道。

「是啊，沒有過敏反應，也就沒有這條路。」我回答。

「那麼他是對什麼謊言起了過敏反應呢？」他接著問道。

「其實他一開始也是不知道的，謊言之所以會是謊言就是因為它還沒有被識破。沒有人可以在深陷於謊言之中的同時還能夠看見謊言究竟在哪裡的，當時的佛陀也無法例外。」我回答。

「雖然那時候的佛陀也不知道謊言究竟在哪裡，但他還是對這個看不見的謊言起了過敏反應？」他疑惑地看著我。

「沒錯，雖然那時候的他並不知道謊言究竟在哪裡，但由於謊言畢竟會主動對他發出訊號，因此他也就注意到這個訊號了。」我給他鼓鼓掌。

「訊號？」他一時反應不過來。

「嗯，就是那個夢境中的陀螺。」我提醒他。

「啊，是衝突。」他拍了一下自己的腦袋。

「對，衝突就是訊號。那你知道他是遇上什麼衝突了嗎？佛陀的生平故事早已被流傳了千年以上，我想你大概也有聽說過一些吧？」我問他。

「佛陀的故事我自然或多或少有聽說過一些，可是這些傳說中的故事難道全部都是可信的嗎？」他提出質疑。

「問得好，但故事本來就只是故事，又何來的可信或不可信？在夢境裡，所有發生的一切本來就都只是故事，又豈止有佛陀的故事是故事而已。」我說，「重要的是，這些夢境中的故事有沒有因此讓你注意到這條通向真實的道路呢？」

「好吧，我懂了。如果想要如實見到真實原本的樣子，我就得先清除所有的謊言，而謊言則是會出現在衝突發生之處，因為衝突之所在，即是謊言之所在。」他說。

「正是如此，所以你知道佛陀是遇上什麼衝突了嗎？」我再問一次。

戴德門停頓了一下，「呃─生老病死？」

「沒錯，他一頭撞上了生老病死，」我說，「不過他倒也不是打從一出生開始就遇上了這個麻煩。你知道佛陀是出生在什麼樣背景的家庭嗎？」

「我記得他是兩千五百多年前，印度一個小國的王子。」他側著頭想了想。

「嗯，在這樣一個優渥而受到良好保護的環境裡長大，佛陀其實在成年前都沒有意識到生老病死的問題。因為謊言正是藉由衝突才能夠被注意到，如果衝突隱藏得越不明顯，謊言也就越難以被察覺。」我說，「當你好夢正酣時，你自然容易越睡越沉。所以耶穌才會說『我來本不是召義人，乃是召罪人』，又說『駱駝穿過針的眼，比財主進神的國還容易呢！』」

「誒，耶穌這些話是這個意思嗎？」

「是啊。話雖如此，但當成年後的佛陀一離開他原有的舒適圈，他也就立刻遇上衝突了。而這段他與衝突正式見面的過程，後來便被稱為四門出遊。」

「他離開王宮出遊，然後在東西南北四個城門邊上看見了生老病死的景象，是嗎？」

「沒錯，王宮內的生活一向衣食無缺，所以如果你從未挨餓受凍，你又怎麼會了解飢餓是什麼意思，寒冷是什麼意思呢？當佛陀踏出城門之時，他才首次看見了他以前從未見過的景象。原來為了生存下去，人們必須不斷拼命勞動，還要不時遭受病痛威脅，而最後垂垂老矣，亦只能在路邊倒臥死去。這種景象實在太令他震驚了，就好像右臉被狠狠打了一巴掌。」

「右臉被打了一巴掌？」戴德門下意識地摸了摸右臉頰。

「嗯，衝突在他與真實之間生起了，他被真實狠狠打了一巴掌。問題的關鍵是，當衝突已經實實在在發生了時，佛陀是怎麼反應的呢？佛陀接下來是怎麼做的呢？」我問他。

「佛陀接下來是怎麼做的？」他不了解這是什麼意思。

「嗯，他接下來是怎麼做的呢？裝作從來沒有看見過這些事嗎？」我再解釋一遍。

「喔不，為了這個緣故，他後來就離開王宮，出家修行去了。」他回答。

「沒錯，但他為什麼要這麼做呢？這麼做對他難道有什麼好處嗎？」我說。

「佛陀為什麼要這麼做？」他皺起眉頭。

「是啊，面對生老病死的威脅，出家修行難道能夠提供比王宮內還要更安全的環境嗎？你知道佛陀最後就是因為吃壞肚子才死了的嗎？」我說。

「這——」他一時語塞。

「當你的右臉被打了一巴掌後，你會把左臉也送上去嗎？如果你是他的話，你會這麼做嗎？可別以為只有佛陀是生活在王宮內的王子而已，你也是喔，每個人都是隱身在自己城牆之後的王子或公主。」我拍拍他的肩膀。

「你的意思是說，佛陀是—自己故意迎向衝突的？」他睜大眼睛。

「應該說他是不由自主地迎向了衝突，他無法繼續逃避真實了。他只能硬著頭皮想辦法搞清楚這到底是怎麼一回事，因為他已經對謊言產生了嚴重的過敏反應。」我回答。

自體免疫

at 3:35PM

免疫反應本來是一種生命的自我防衛機制，不論這是一種物質類的免疫反應，又或者是一種非物質類的免疫反應。當免疫系統發現外來的入侵者時，便會自動將之標記為敵人，然後努力嘗試將敵人殺死或至少是驅逐出境。

可是有少數人的免疫系統卻因為對自身產生了過敏反應而將自己標記為敵人，隨後並與自己展開交戰。如此不正常的免疫反應就被稱為自體免疫反應。而這場慘烈的自體免疫戰爭最終並不會產生任何勝利者，因為交戰的雙方奮戰到了最後也只能是同歸於盡，然後灰飛煙滅。

「佛陀也對謊言產生了嚴重的過敏反應？所以這個謊言到底是什麼東西啊？」戴德門拉大了嗓門問道。

「這個謊言就是把你困在密室之中的元兇，你就是因此才與真實不斷地產生衝突。不過雖然這個謊言會不時呈現出各種截然不同的樣態，但它的源頭其實也就只有一個點而已。佛陀把這個點稱為『無明』，耶穌會說這個點是『原罪』，至於我則是把它叫做『核心概念』，而這些都只是同一個意思。」我回答。

「可是你不是說核心概念正是我之所以為我的本質嗎？那怎麼會有人對自己產生過敏反應呢？而且無明、原罪這種東西與我又有何干？即使我不至於無端排斥各種宗教信仰，但我也不會讓各種宗教理論隨便亂扣我帽子的。」他說。

「說得好，你的確不應該讓任何宗教理論隨便亂扣你帽子，然而無明與原罪跟宗教信仰本來就沒有什麼關係，它們只是在對你的存在狀態做真實的描述而已。」我說。

「無明與原罪只是在對我的存在狀態做真實的描述？不，我可沒有這麼覺得。」他大聲反駁。

「嗯，我知道你會這麼說，你也確實不可能認同這種說法，除非有一天你死了。」我微笑看著他。

「除非有一天我死了？」他一臉不以為然，「你又這麼說。」

「是啊，因為本來就唯有死亡已經在你身上直接發生了，無明與原罪才會跟著一起滅去。那麼當你重新回頭一看，你才能明白原來無明與原罪指的就是你之前活著時的存在狀態。」我耐心地向他解釋。

「為什麼我非得要先死了才行啊！」他忿忿不平地說。

「因為謊言是不可能識破謊言的，只有真實才能夠識破謊言。在你還深陷於謊言之中的同時，你就是沒有辦法看清楚謊言的全貌。當局者迷，並沒有任何一個『我』能夠真正了解『無我』到底是什麼意思。」我說。

「沒有任何一個『我』能夠真正了解『無我』是什麼意思？」他語帶懷疑。

「正是如此。因為無我既不是一種宗教理論，也不是一種必須努力去達到的道德目標，無我就是在形容死亡後的存在狀態而已。所以只要你尚未死亡，你就不可能真正了解無我的意思。」我回答，「你無法在還存活著的狀態下經歷真正的死亡，理由就只是這麼簡單。」

「無我指的是死亡後的存在狀態？呃—不是指肉體的死亡，而是指真正的死亡嗎？」他問道。

「沒錯，在核心概念—也就是你之所以為你的本質—完全粉碎之後，你就無法再存在了。而這個你不再存在了的狀態，佛陀就將之命名為無我。」我回答。

「那麼無明與原罪呢？」他接著問道。

「無我是在說明你『死亡後』以及『出生前』的存在狀態，而無明與原罪則是在說明你『出生後』的存在狀態。」我回答，「當你親眼見到了你死往何去的同時，你自然也會了解到你生從何來。因為真正的死亡會令你回復到出生前的存在狀態，你倒帶到了最開始的地方，於是你自然會了解這一切究竟是如何發生的。並且由於無我才是真實原本的樣子，所以覺知在這種狀態下就能夠直接見到自身。而一旦覺知不再受到謊言蒙蔽，曝露在真實之下的無明與原罪就會徹底瓦解滅去，而且永遠無法再生起。」

「無明與原罪跟我的出生有關係？」他訝異地張大嘴，「所以我到底是如何出生了的？」

「想要找到真實的答案，你真的是只能反求諸己了。」我對他說。

「反求諸己？是要怎麼反求諸己啊？」他氣急敗壞地說。

「就是誠實面對你的真實，如此而已。」我回答。

「如此而已？」他一副不可置信的表情。

「嗯，一旦你真的開始誠實面對你的真實，謊言自然就會引起你的過敏反應。而當這種過敏反應已然嚴重到超越了對真實的恐懼時，你就有可能走上通向答案──呃，也就是通向死亡的道路了。」我說。

「什麼啦──」他翻了個白眼，「好，那如果我真的沿著這條路一直走下去了，我最後到底會看見什麼呢？」

「會看見太初。」我回答。

「太──初？」他愣了一下。

「是啊，這是約翰福音一開頭對於世界誕生之前所做的描述：太初有道，道與神同在，道就是神。」我回答。

太初有道，道與神同在，道就是神。

這道太初與神同在。

萬物是藉著他造的；凡被造的，沒有一樣不是藉著他造的。

生命在他裏頭，這生命就是人的光。
光照在黑暗裏，黑暗卻不接受光。

——約翰福音 1:1

「我會看見太初，也就是——世界誕生之前的景象？」他目瞪口呆。

「沒錯，如果你沿著這條路一直走下去了，你之所以為你的本質最後便會如實地灰飛煙滅，而你所認知到的世界也會隨之完全崩潰。那麼當世界與你一同結束了時，你猜猜看，剩下的會是什麼呢？」我挑戰似地看著他。

「當世界與我一同結束了時，剩下的會是什麼？」

「嗯，那永遠都在的是什麼呢？」

「啊，是覺知。」他恍然大悟。

「答對了。」我給他鼓鼓掌。

「莫非約翰福音裡所說的道或神也就是指——覺知？」他直直盯著我。

「你猜對了，除了覺知的本身以外，並沒有任何事物能夠永遠存在，因為所有事物都只是依附著覺知在不斷地生起滅去。」我說，「覺知的本身恆常存在著，而覺知的內容卻是即生即滅，存在就是這樣一種恆常運動的狀態。」

「存在是一種恆常運動的狀態？」他疑惑地說。

「是啊，存在就是覺知的顯現，沒有覺知也就沒有任何存在。雖然每個覺知的顯現都一定有其內容，然而這些在覺知中顯現的內容卻又只會是即生即滅的，因為覺知正是由於生滅才得以被覺知，如果沒有生滅也就不會有覺知。這就是存在之所以會是一種恆常運動狀態的原因。而這種恆常運動的狀態就被稱為──常無常。」我回答。

沒有生滅也就不會有覺知，
沒有覺知也就沒有任何存在，
而不存在並不存在。

覺知的本身恆常存在著，
而覺知的內容卻是即生即滅，
存在就是這樣一種恆常運動的狀態。

——死者如是說

「沒有生滅也就不會有覺知？」他一臉不解。

「這是理所當然的，相鄰兩個覺知之間的生滅就是時間的最小真實單位，沒有了生滅也就等於沒有了時間。時間如果被凍結了，覺知又要如何生起呢？所以覺知自然是即生即滅的。」我說。

「時間的最小真實單位？這是多快的速度啊？」他驚訝地說。

「沒有任何一種速度能夠比覺知生滅的速度還要快，因為所有事物都是依附著覺知在生起滅去的。沒有覺知也就沒有任何存在，所以當然不存在任何一種比覺知生滅還要更快的速度。」我回答，「覺知就是存在唯一的真實單位，而覺知的生滅就是時間的最小真實單位。」

他倒吸一口氣，「你說的這些實在太匪夷所思了吧。」

「一點也不會，這些只不過是對真實平鋪直述的說明而已，哪裡需要用到什麼複雜的思考呢？只要覺知直接見到自身，它自然就會全部明白了。」我說。

「這就是世界誕生之前的樣子了？」他問道。

「對，但世界誕生之後也仍然是這個樣子的，存在在任何時候都只會是這個樣子。問題是，當世界誕生，也就是你出生了之後，你就再也看不見真實原本的樣子了。」我回答。

「為什麼？」

「因為覺知從此就被謊言蒙蔽，它變得只能在鏡子裡看到面具而已。」

「可是我並沒有看到你所說的面具啊。」他提出抗議。

「我知道你沒有看到面具，因為沒有人可以在深陷於謊言之中的同時還能夠看見謊言究竟在哪裡的，你甚至連謊言所造成的違和感都沒有能夠察覺到呢。」我說。

「不，我跟你看見的東西怎麼可能有這麼大的差別，我們明明就生活在同一個世界裡。」他不同意。

「誰說我們是生活在同一個世界裡的，從來就沒有任何兩個人是生活在同一個世界裡。難道你真的認為你和那些每天都必須與飢餓搏鬥的非洲兒童是生活在同一個世界裡嗎？」我問他。

「這個嘛—」他尷尬地紅了臉。

「你覺得自己是生活在一個什麼樣的世界裡呢？」我繼續追問。

「呃，這用三言兩語是說不清楚的吧。」他回答。

「就像你也不能用三言兩言說清楚你自己究竟是誰嗎？」我笑著說，「沒關係，那你就隨便說說看吧。畢竟除了你自己以外，這世上再無第二人知道你是生活在什麼樣的世界裡了。」

「喔，如果和那些遠在非洲的飢民相比，我至少算是擁有一個豐衣足食的生活。」他邊想邊回答，「我既沒有經歷過戰亂，也未曾真正餓過肚子。我成長在一個平凡的家庭，與大家接受類似的教育，選擇了適合自己的工作，然後結婚生子，這就是我的生活。我也知道這個世界遠比我所認識的更為遼闊，有各種相異的人種、文化與生活方式，有人過得富裕，有人過得貧困，但人生不就是這樣子嗎？因此我總在探索世界的同時，更加地了解了自己。」

「不錯不錯，說得很好啊，所以這就是你對於這個世界還有你自己的認知方式了嗎？」我拍拍他的肩膀。

「認知方式？」他不明白我為什麼這麼說。

「嗯，世界正是由所有的認知集合而成，如果認知沒有生起，世界也根本不可能成形，而認知就是覺知的概念化。」我向他解釋。

世界由認知構成，
而認知就是覺知的概念化。
當概念化的覺知生起時，
世界也就開始成形。

「認知就是覺知的概念化？」他一臉莫名其妙，「這是什麼意思？」

「好，舉例來說。」我從口袋裡掏出我的皮夾，在他眼前擺弄了一會兒後又放回口袋。

「你在幹嘛？」他皺了皺眉頭。

「給你看一樣東西啊，」我說，「請問你剛剛看見什麼了？」

「就你的皮夾子。」他不假思索地回答。

「你可以再形容得更詳細一點嗎？」我說，「如果我給你紙筆，你能夠將它畫出來嗎？」

「只能畫出一個大概的輪廓吧，」他回答，「那是個深咖啡色的男用對折皮夾，側邊似乎還有一條拉鍊。」

「嗯，觀察力還不錯。」我把我的皮夾再度拿到他眼前，「那麼現在就來比較一下，剛剛在你意識中所描繪出的皮夾，跟現在放在你眼前的這個皮夾是完全一模一樣的嗎？」

「誒，這不太可能──不，應該說完全不可能一模一樣的吧。」他回答。

「沒錯，這絕對不可能完全一模一樣。即便某個覺知才剛在上一秒生起，但是當它在你的意識中再現時，那就已經是個概念化後的覺知了。」我說，「這個概念化後的覺知是一種將真實片面簡化了的認知方式，所以不論這個片面的詮釋看起來多麼真實，它也絕對無法因此就可以變成真正的真實。」

「難不成你的意思是說，我所認知到的世界只不過是對真實的一種片面詮釋嗎？」他睜大眼睛。

「正是如此，一旦這個片面的詮釋被當成了真實，認知也就成了認定，於是真正的真實就會因此變得無法被看見，這就叫做無明。」我對他說，「無明就是沒有看見的意思，那麼沒有看見什麼呢？就是沒有看見真實。」

「無明就是沒有看見真實的意思？」他半信半疑地說。

「是的。」我回答。

「只是這樣？」他一臉懷疑。

「嗯，雖然只是這樣，但失之毫釐，最後可是會差以千里。」我說，「無明是對真實最原始的誤解，而你之所以會與真實一直產生衝突可都是源自於此。」

「只是沒有看見真實就會造成這麼大的影響？」他表情凝重。

「是啊，當片面的認知取代了原本的覺知而被當成了真實，你意識中所描繪出的皮夾就會完全取代我口袋裡原本的皮夾而成為你的真實，於是真正的真實就從此變得無法被看見。這些概念化後的覺知不斷堆疊、不斷堆疊，最後就形成了你的世界。」我說，「由認知構成的世界只是對真實的一種片面詮釋，卻被誤認成了真實。當假的被當成了真的時，它當然就會與真正的真實不斷地產生衝突。」

「衝突？」他似乎想起來這代表了什麼意思。

「沒錯，在這種狀態下，衝突的訊號就會響起。」我推他一把。

「換句話說，這個由認知構成的世界就是困住我的夢境了？」他問道。

「對，你就是因為被困在這個夢境的世界裡，所以才與真實一直產生衝突啊。」我給他肯定的回答，「與真實的衝突正是執假為真的懲罰，因此這才又被稱為原罪。」

「咦，原罪是這個意思嗎？」他吃了一驚。

「是啊，原罪是打從你出生那一刻開始就一直跟著你了，所以如果你連這個罪是怎麼犯下的都不知道，你又豈會有將罪責償還完的一天呢？」我聳聳肩。

「打從我出生那一刻開始？但我還是不知道我是怎麼出生了的啊。」他嘆了一口氣。

「那假設我們現在已經回到太初好了。」我說。

「回到太初？你是說世界誕生之前嗎？」他好奇地看著我。

「嗯，在認知生起之前，覺知就只是覺知而已。覺知的本身恆常存在著，而覺知的內容則是即生即滅。」我回答。

「然後呢？」

「然後某一天，覺知開始概念化了。」

「覺知開始概念化了？為什麼？」

「因為看不清楚。」

「看不清楚？」

「是啊，你知道覺知有多快吧？」

「呃—沒有任何一種速度能夠比覺知生滅的速度還要快？」

「沒錯，那你知道覺知涵蓋了多大的範圍嗎？」

「多大的範圍？你不會是想說覺知涵蓋了無限大的範圍吧？」

「哈哈，你猜對了喔。覺知不但大而無外，而且小而無內。覺知就是存在的前提與全部，它既是一，也是一切。」

「覺知涵蓋了—一切？」

「當然了。所以看不清楚這個涵蓋一切時間、空間而又不斷快速生滅的覺知，其實也沒有什麼好奇怪的，你意識中所描繪出的皮夾跟我口袋裡原本的皮夾本來就不可能完全一模一樣。」

「也就是說—覺知因為看不清楚而被概念化了？」

「是的，就是這樣。」

「但覺知的概念化跟我的出生又有什麼關係啊？」

「有喔，因為即生即滅的覺知內容經過概念化後就形成了對世界的認知，而覺知的本身經過概念化後則形成了對自我的認知。」

世界是覺知內容的概念化，而你則是覺知本身的概念化。

覺知經過概念化後形成了認知，於是——

世界與你一同誕生了。

——死者如是說

「覺知的本身經過概念化後形成了對自我的認知？這又是什麼意思？」

「首先，覺知都是有內容的，對不對？」

「呃，應該是吧。覺知既然生起了，自然就是有內容的啊。」

「可是覺知的內容卻又只會是即生即滅的，對不對？」

「似乎是這樣沒錯。」

「嗯，快速生滅的覺知就像一部無法暫停播放的電影，一幀幀畫面不斷地生起滅去，只要其中一個畫面滅去了，就一定代表著另外一個畫面生起了，這從無例外。正因為覺知具有這種即生即滅卻又永遠都在的特性，所以看起來就會如同有一個連續存在的覺知本身在承載著這所有的覺知內容。但覺知本身其實是沒有任何實體的，勉強要說的話，它頂多只能算是覺知生起時的背景而已—一個其實並沒有任何實體的背景。覺知的內容是『有』，而覺知的本身則是『空』，『空』與『有』雖然不是兩種東西，但也不是同樣一種東西，『空』是『有』的背景，而『有』則是『空』的顯現。」

「覺知本身是沒有任何實體的？」

「是啊，雖然它沒有任何實體，然而因為覺知具有即生即滅的特性，所以這個毫無實體的背景卻反而成為了所有覺知唯一的共通點，在每一次的生滅中都會出現的就只有這個毫無實體的背景而已。當一個視覺生起時，這個背景在；當一個聽覺生起時，這個背景在；當一個嗅覺生起時，這個背景在；當一個味覺生起時，這個背景在；當一個觸覺生起時，這個背景在；當一個感受生起時，這個背景在；當一個想法生起時，這個背景在；所以這個承載了所有覺知內容的背景到底是什麼呢？」

「喔，這個承載了所有覺知內容的背景當然就是我啊。」他毫不猶豫地回答。

「沒錯，你就是這樣子出生的。」我若無其事地說。

「什麼？」他嚇了一大跳。

「當覺知本身被概念化之後就變成了覺知的內容而不再是覺知本身—核心概念就此誕生。你替代了覺知本身成為承載所有覺知內容的載體，假的被當成了真的，並且還擋在覺知面前，於是覺知從此就再也看不見自己。」我向他解釋，「而且事情可沒有到此結束，因為核心概念替代的是本來就毫無實體的覺知本身，也就說『空』被誤認成了『有』，因此當這個『假的有』想要找到自己究竟是誰時，它怎麼可能找得到呢？所以你知道自己一直以來都是用什麼方法在試圖找到自己究竟是誰的嗎？」

戴德門冷靜下來，仔細考慮我的問題。

「我知道了，是範圍界定，」他說，「我一直都用範圍界定在試圖找到我自己。」

「答對了，」我豎起大拇指，「你打從出生以來就持續不斷在做著範圍界定，你也不得不這麼做，因為範圍界定內如果沒有任何東西，核心概念就完全產生不出自我的存在感。這可是攸關生死的大事，當核心概念因失去自我的存在感而最終灰飛煙滅時，你就真正的死亡了。這可不是在開玩笑，死亡一旦如實地發生，你就永遠無法再存在了。」

「我真的是這樣子出生的？」他一臉難以置信。

「是啊，事實上聖經不是在一開始就告訴你了嗎？」我說。

「誒，有嗎？」他訝異地看著我。

「有喔—起初，神創造天地。神說：『要有光』，就有了光。神稱光為『晝』，稱暗為『夜』。有晚上，有早晨，這是頭一日。」我對他說。

「這是創世記。」他立刻聽出來了。

「對—神說：『諸水之間要有空氣，將水分為上下。』事就這樣成了。神稱空氣為『天』。有晚上，有早晨，是第二日。那麼你聽懂了嗎？」我問他。

「咦，聽懂什麼？」他側著頭想了一下。

我自顧自地繼續說下去。

「神說：『天下的水要聚在一處，使旱地露出來。』事就這樣成了。神稱旱地為『地』，稱水的聚處為『海』。神說：『地要發生青草和結種子的菜蔬，並結果子的樹木，各從其類，果子都包著核。』事就這樣成了。神看著是好的。有晚上，有早晨，是第三日。神說：『天上要有光體，可以分晝夜，作記號，定節令、日子、年歲，並要發光在天空，普照在地上。』事就這樣成了。神看著是好的。有晚上，有早晨，是第四日。你知道為什麼每一件事在要成了之前，神都是用說的嗎？」我再問他。

「為什麼神都是用說的？這是什麼意思？」他還是不懂。

「神說：『水要多多滋生有生命的物；要有雀鳥飛在地面以上，天空之中。』神看著是好的。神就賜福給這一切，說：『滋生繁多，充滿海中的水；雀鳥也要多生在地上。』有晚上，有早晨，是第五日。」我再問一次，「這一到五日都是在進行著什麼樣的過程呢？」

「過程？」他瞇著眼。

「沒錯，就是過程。」我再度從口袋裡掏出我的皮夾，在他眼前晃一晃，「你說說看，這是什麼樣的過程呢？」

「啊，這是覺知的概念化。」他大叫一聲。

「嗯，精確來說，這是覺知內容的概念化。那麼第六日呢？」我繼續問他，「神說：『我們要照著我們的形象、按著我們的樣式造人，使他們管理海裡的魚、空中的鳥、地上的牲畜，和全地，並地上所爬的一切昆蟲。』神就照著自己的形象造人，乃是照著他的形象造男造女。事就這樣成了。神看著一切所造的都甚好。有晚上，有早晨，是第六日。」

「所以第六日是──覺知本身的概念化？」他沒有把握地回答。

「沒錯，世界與你就此一同誕生。」我對他微笑，「天地萬物都造齊了。到第七日，神造物的工已經完畢，就在第七日歇了他一切的工，安息了。」

「我知道，這就是安息日的由來。」他說。

「哦，你真的知道？那麼請問為什麼神在第七日就歇了他一切的工，安息了呢？」我說。

「為什麼？這還有為什麼的嗎？」他問道。

「當然，神可不止是在第七日安息了而已，神是從你出生的那一刻起就一直安息到了你仍然存活著的現在。當核心概念在第六日替代了覺知本身成為承載所有覺知內容的載體之後，覺知就再也看不見自己，它從此安息了。」我回答，「而且當不真實的被當成了真實，那不真實的自然就會與真正的真實不斷地產生衝突，你就是在第七日被一腳踢出伊甸園的。」

困獸之鬥

at 3:55PM

耶和華 神說：「那人已經與我們相似，能知道善惡；現在恐怕他伸手又摘生命樹的果子吃，就永遠活著。」耶和華 神便打發他出伊甸園去，耕種他所自出之土。

—創世記 3:22

「我在第七日被—呃，趕出伊甸園？」戴德門語帶懷疑，「被趕出伊甸園的不是亞當和夏娃嗎？」

「那亞當和夏娃又是誰呢？別人所犯下的罪為什麼會由你來受罰？因為他們就是你啊。」我對他說。

「他們就是我？」他目瞪口呆。

「是的，這有什麼好訝異，我也是你啊。」我回答。

「你也是我？」他跳了起來，「你怎麼可能會是我呢？」

「你的世界從誕生開始本來就一直只有你自己一人啊，你就是永生神唯一的獨生子。雖然你自己並未察覺，但其他人只不過是你的投影罷了。」我拍拍他的肩膀，「由認知構成的世界是以核心概念為中心建立起來的，也就是說，覺知的內容在轉換成認知的過程中都會經過核心概念的詮釋。你就是這個夢境世界裡唯一的築夢師，夢境中所有的場景與角色都是透過你建立起來的，所以這其中難道還能夠有什麼真實的人物不成？」

「這一切都是夢境，而你只是我夢境中的一個角色？」

「當然了，若非你正身處夢境之中，你又豈會與真實不斷地產生衝突，你已經被趕出伊甸園了啊。所以耶和華才會對亞當說：『你既聽從妻子的話，吃了我所吩咐你不可吃的那樹上的果子，地必為你的緣故受詛咒；你必終身勞苦才能從地裏得吃的。地必給你長出荊棘和蒺藜來；你也要吃田間的菜蔬。你必汗流滿面才得餬口，直到你歸了土，因為你是從土而出的。你本是塵土，仍要歸於塵土。』這就是執假為真的懲罰。」

「吃了那樹上的果子？這是──」他似乎注意到問題出在哪裡了。

「沒錯，吃了那樹上的果子，覺知就被概念化了。」我替他把話說完。

「只不過是覺知被概念化了，這又有什麼大不了的呢？」他露出不以為然的表情。

「覺知的概念化是一種將真實片面簡化的認知方式。比如說，當你現場欣賞一首大編制的交響樂時，那充滿了豐富層次的聲音是由幾十把樂器、幾十個演奏家共同協力才表現出來的。但是當樂曲稍歇，你心中細細回味剛剛的感動時，意識中卻只能再現出簡化後了的旋律。這本來其實也無可厚非，畢竟覺知的生滅如此快速，內容又龐大到涵蓋了存在的全部，所以要不是藉由片面簡化的方式，認知還當真難以生起。」我向他解釋，「問題是，如果這個片面的認知到後來竟然取代原本的覺知而被當成真正的真實，那又如何呢？」

「你是說我在不知不覺中將片面的認知當成了真正的真實嗎？」他陷入一陣沉思。

「對，這實在很不可思議，所以佛陀在破除一切謊言之後才會驚嘆：『奇哉！奇哉！此諸眾生云何具有如來智慧，愚癡迷惑，不知不見？』這個愚癡迷惑指的也就是把假的當成了真的。」我說。

「而佛陀最後之所以能夠破除一切的謊言，就是因為他已經對謊言產生了嚴重的過敏反應？」他問道。

「是啊，如果不是對謊言的過敏反應已然嚴重到超越了對真實的恐懼，沒有任何人會自己走上這條通向死亡─也就是通向真實的道路。」我回答，「自古以來，也就只有屈指可數的人會對謊言產生如此不正常的免疫反應。」

「為什麼？難不成一般人都是沒有自省能力的嗎？當人們意識到自己對於真實的認知或許存在偏差時，也是會相應做出某些認知上的調整吧，怎麼你說得好像一般人都是完全沒有任何自省能力似的？」他提出反駁。

「一般人也的確算是有某種的自省能力啦，只不過這種自省能力是用來讓人在夢境中睡得更安穩，而不是用來讓人從夢境中醒過來的。」我說，「當人們意識到自己對於真實的認知或許存在偏差時，也確實可能重新調整自己的認知以貼近真實，可是不論如何調整，片面的認知也絕對無法因此就可以變成真正的真實，謊言只是改變了它的藉口而已。當謊言所使用的藉口實在是太差勁了時，它當然是得改變一下這個藉口的內容，否則謊言又如何能夠繼續維持下去呢？」

「你的意思是，人的自省能力只是一種藉口嗎？」他板著臉孔說。

「如果你自認為不是，那麼你可以告訴我你是如何自我反省的嗎？」我問他。

「我是如何自我反省的？就是客觀檢視自己的思想或行為是否有偏差，然後再將偏差了的部分修正過來啊。」他義正辭嚴地回答。

「客觀檢視？所以這個客觀檢視又是由誰所完成的？」我再問他。

「自然是由—呃，我自己完成的，不然還能是誰呢？」他回答。

「你看吧，在你存活著的世界裡，你就是真與假的唯一度量衡，何者為真，何者為假，完全是由你一人在做判斷的。不論你自我反省了多少次，客觀檢視了多少次，那最終做出了判斷的也還是你自己。你從第一個夢境中醒過來，緊接著進入第二個夢境中，然後從第二個夢境中醒過來，又再進入第三個夢境中，如此不斷地反覆循環。不論你自認為自己已經從夢境中醒過來多少次了，那也只不過代表了你正身處另一個夢境之中。」我聳聳肩。

「那我豈不是永遠也無法真正地醒過來了？」他皺著眉頭。

「反正你本來也沒有打算要真正地醒過來啊，核心概念想要的只是在夢境中睡得更安穩而已，這就是輪迴。」我說。

「輪迴？」他訝異地說。

「嗯，也就是在不斷生起的夢境中永無休止地重複與真實之間的衝突。」我說。

「永無休止？真的嗎？」他表情茫然。

「真的喔，永無休止。只要謊言仍然存在著，輪迴就不可能結束。」我回答。

「輪迴不會因為死亡—我是說肉體的死亡—而結束嗎？」他問道。

「不會，肉體的死亡又不是真正的死亡。輪迴會永無休止地重複下去，除非有一天你真正地死了。」我耐著性子再回答一遍，「不過有些人倒是再也無法忍受這樣子的輪迴，謊言已經令這種人起了嚴重的過敏反應，於是他們便開始不由自主地衝撞這個將他們困住了的密室。就好像一直被關在動物園裡的野獸忽然發了瘋，然後開始奮不顧身地衝撞困住牠的鐵籠。」

「發了瘋的野獸？你不會是在說佛陀跟耶穌都發瘋了吧？」他直直盯著我。

「從一個正常的角度來看，如果不是發瘋了，動物園裡的野獸會無緣無故衝撞困住牠的鐵籠嗎？這麼做有什麼好處呢？」我反問他，「你會無緣無故放棄衣食無缺的生活，每天去沿街乞食嗎？你會只為了說些得罪當權者的話，甘冒被釘死在十字架上的風險嗎？這麼做有什麼好處呢？你會這麼做嗎？」

「這個嘛－如果把我自己換到佛陀或耶穌的立場上來考慮的話，我也許真的不會像他們一樣做出那些事情來。但我想佛陀跟耶穌之所以會做出那些與常人不同的行為，一定也有他們自己的理由吧。」他回答。

「這是當然的，任何一件事的發生都一定有其理由，而且必然是具足了一切條件之後才會發生，真實從來就不會犯錯。」我說，「佛陀跟耶穌之所以會做出那些與常人不同的行為，自然是由於其行為背後的理由也與常人不同。」

「所以差別到底是在哪裡？」他還是不懂。

「差別就在於常人並不會對謊言產生如此嚴重的過敏反應，而佛陀跟耶穌則是完全無法忍受任何的謊言，這就是差別。」我回答。

「只是這樣？」他半信半疑。

「對，只是這樣。雖然只是這樣，但這個只是這樣的差別卻又是個巨大無比的差別，這個差別就決定了真實最終是否得以如實被看見。」我回答。

「因為對謊言的嚴重過敏反應會讓人們開始不由自主地衝撞這個將他們困住了的密

室，是嗎？」他問道。

「沒錯，當對謊言的嚴重過敏反應發作了時，這類過敏患者原有的行為模式便會跟著發生改變，就如同一個原本運作順暢的電腦系統因為出現某些嚴重的程序缺陷而開始頻頻當機一樣。」我回答。

「為什麼會發生這樣子的改變呢？」他一臉不解。

「因為夢境世界之所以能夠存在，仰賴的是認知系統的正常運作，而核心概念正是這個認知系統的運作中心。在正常的情況下，一般人的行為就是由這個認知系統在控制的，所以一旦對謊言已經產生嚴重過敏反應的患者開始衝撞這個認知系統時，這類過敏患者原有的行為模式當然也就會跟著發生改變。」我回答。

「那又怎麼樣？」他接著問道。

「如果這個認知系統的運作中心—或說核心概念—最終因為衝撞而徹底瓦解滅去，那麼你所認知到的世界就會隨之完全崩潰，而所有的權柄也會重新回到覺知手上，就是這樣。」我回答。

「所有的權柄會重新回到覺知手上？這是什麼意思？」他疑惑地說。

「簡單講，一個死者與一個活人之所以會呈現出看起來似乎截然不同的行為模式，原因就在於活人的行為是由認知在控制，但死者的行為卻是由覺知在控制的。而這兩種截然不同的行為模式，耶穌也早就表演一次給你看了。」我回答。

「誒，有嗎？」他驚訝地說。

「有啊，耶穌可從沒說過他是自己想要被釘死在十字架上的喔，但是當那些來捉拿他的人出現了時，他卻又沒有逃跑，對不對？為什麼他的反應方式是這樣子的呢？你記不記得耶穌在客西馬尼所做的禱告詞？」我問他。

「客西馬尼的禱告詞？呃—不要從我的意思，只要從你的意思？」他沒有把握地回答。

「答對了，」我豎起大拇指，「當耶穌的認知與覺知產生了不同意見時，認知對覺知臣服了。」

他們來到一個地方，名叫客西馬尼。耶穌對門徒說：「你們坐在這裏，等我禱告。」於是帶著彼得、雅各、約翰同去，就驚恐起來，極其難過，對他們說：「我心裏甚是憂傷，幾乎要死；你們在這裏等候，警醒。」他就稍往前走，俯伏在地，禱告說：「倘若可行，便叫那時候過去。」他說：「阿爸！父啊！在你凡事都能；求你將這杯撤去。然而，不要從我的意思，只要從你的意思。」

——馬可福音 14:32

「認知對覺知臣服了？」他睜大眼看著我。

「沒錯，假的對真的臣服了。也唯有謊言已經無餘依滅盡之後，對真實的完全臣服才會自然而然發生。在真正的死亡來臨之前，謊言就是會把所有的權力緊緊抓住。」我說，「覺知若是父，認知便是子。在世界誕生之初，兒子從父親手上竊取了父親的地位，從而也自以為獲得了所有的權力。但那只是一種假象，認知不過就是依附著覺知而生的夢境而已。耶穌對此已了然於胸，所以才會說出『不要從我的意思，只要從你的意思』這樣子的話來。」

「這是對覺知的臣服？」他問道。

「是啊，一個死者如何還能不對覺知臣服呢？死亡一旦如實地發生，所有的權柄便會重新回到覺知手上。被識破了的謊言由於不再具有任何力量，在真實的面前它就會自然而然臣服。」我回答。

「可是如果在真正的死亡來臨之前，對真實的完全臣服並不會發生，那麼難道耶穌是在被釘上十字架前就已經死亡了嗎？」他說。

「不錯不錯，你猜對了喔，在十字架上死亡的只不過是一具肉體，但真正的耶穌在這之前就已經死亡了。」我給他鼓鼓掌，「這好比你現在看我的肉體雖然還活著，但真正的我其實也是早就已經死亡了。」

「真正的你其實也是早就已經死亡了？那死亡了之後呢？」他好奇地問。

「沒有之後了，人都已經死了，哪還有什麼之後呢？世界與我一同結束了。」我回答。

觀此五取蘊，知無有我，及以我所，
如是觀已，即知世間，無能取所取，亦非轉變，
但由自悟而證涅槃，
我生已盡，梵行已立，所作已辦，不受後有。

——佛說五蘊皆空經

「世界與你一同結束了？」
「嗯，死亡既然已經如實地發生，世界與我自然也就一同結束了。」
「但覺知永遠都在的，不是嗎？」
「當然了，覺知就是存在的前提與全部，它涵蓋了一切時間、空間，它既沒有從何處開始，也不會在何處結束。雖然世界與我一同結束了，覺知也當然還是一如往常地存在著。這就是真正的死亡。不過，反正這些和你大概也沒有什麼關係，只要你以現在的方式繼續存活著，真正的死亡便永遠不會來找上你。這就是輪迴。事實上，自古以來，真正死了的

死者本來也就只有屈指可數而已，因為這得先完成一個無法通過的考驗。」

「這得先完成一個無法通過的考驗？你是指──那條通向死亡的道路嗎？」

「是啊，這是死亡最終發生前的必經之路，就好像你在成為赤身裸體之前，你得先把全身上下的衣服都脫光光一樣。」

「那幹嘛要說這是個無法通過的考驗呢？」

「因為這確實是個你無法通過的考驗，沒有任何一個人可以通過這個考驗，所有人在越過終點線的瞬間就會灰飛煙滅不再存在，只有覺知在越過終點線後還能夠繼續存在。死亡是如實見到真實所必須付出的代價，而由於這個代價如此之高，因此長久以來才一直鮮少有人走完這整個過程，所以你有什麼理由做這種對自己毫無利益的事呢？核心概念根本就做不出任何一件對自身毫無利益的事，它永遠也做不到站在除了自己以外的立場來想事情，這很正常，它就是只能以自我為中心來做出所有判斷。」

「總之，除非我已經對謊言產生了嚴重的過敏反應，否則我就不可能走上這條通向死亡──也就是通向真實的道路了，是嗎？」

「沒錯，只有發了瘋的野獸才會開始奮不顧身地衝撞困住牠的鐵籠，牠也不得不這麼做。當這種嚴重的過敏反應發作了時，這類患者的身心便會開始發炎，進而著火燃燒，而這些症狀就是由於患者對過敏原產生了免疫反應所引起。如果你突然發現自己被關進了一個正在著火燃燒的籠子裡，那麼除了瘋狂地衝撞這個困住你的籠子外，你還能做什麼呢？」

「突然發現自己被關進了一個正在著火燃燒的籠子裡？這種事真的會發生嗎？」

「會啊，當對謊言的嚴重過敏反應發作了時，這種事就理所當然會發生，這本來就是這種過敏反應發作了之後所會引起的症狀。佛陀把這個著火燃燒的籠子稱為火宅，而他之所以能夠用火宅這麼傳神的方式來形容這個籠子，就是因為他也曾經被關在那裡面。」

三界無安，猶如火宅，眾苦充滿，甚可怖畏。
常有生老，病死憂患，如是等火，熾然不息。

——法華經譬喻品

「你這是在說三界火宅的譬喻嗎？」戴德門問道，他似乎對佛教和基督教的經典故事都有一定的認識。

「三界火宅雖然是個譬喻，但著火燃燒卻是對於實感的形容，就像無我也是對於實感的形容一樣。死亡一旦如實地發生，你的存在感就會真的完全消失殆盡；同樣的，當一個活人對謊言產生了嚴重的過敏反應時，著火燃燒也是真的會發生。」我對他說。

「著火燃燒真的會發生？」他一副不可置信的表情。

「當然會發生，如果著火燃燒沒有實感，那又如何產生出令人改變行為模式的力量呢？同樣遇上了生老病死的衝突，為什麼佛陀呈現出的行為會與你不同呢？就是因為他已經著火燃燒，但你並沒有啊。」我回答。

諸比丘，一切燒然。

云何一切燒然？謂眼燒然，若色、眼識、眼觸、眼觸因緣生受，若苦、若樂、不苦不樂，彼亦燒然。

如是耳、鼻、舌、身、意燒然，若法、意識、意觸、意觸因緣生受，若苦、若樂、不苦不樂，彼亦燒然。

——雜阿含經 8:197

「因為佛陀已經著火燃燒，所以才會走上了這條通向死亡的道路？」他問道，「這就是差別嗎？」

「是的，這就是差別。不然生老病死的衝突誰沒見過，難道你沒見過？問題的關鍵是，當衝突已經實實在在發生了時，你是怎麼反應的呢？」我反問他，「每當真實搖你一下以便將你從夢境中喚醒時，你卻只顧著把它推開，然後倒頭繼續睡覺。可是佛陀卻再也無法安心地睡覺了，因為他的世界已經由於對謊言的嚴重過敏反應而開始著火燃燒，所以他只好奮不顧身地衝撞這個困住他的籠子。」

「而這個將佛陀困住的籠子，其實也就是由認知所構成的世界了？」

「是啊，夢境就是由認知構成的。」

「只不過是認知而已，又如何能夠將人給困住了呢？」

「認知如果被視之為真，認知也就成了認定。謊言即使並非真正的真實，但它一旦被誤認成了真實，它就一樣會產生出實感。夢幻泡影要是沒有實感，你的苦又是從哪裡冒出來的呢？當你身處夢境之中時，你自然會覺得一切都是真實的，而且這一切也都會有實感。就好像你正專心看一部電影，當劇情進行到緊張刺激的部分時，你也會因此心跳加速，手心冒汗一樣。而這還只是看個電影，你只是稍微當真了一點點而已，可是如果你是把某個認知視為百分之百真實，那麼產生出的實感也就會是百分之百真實的。正因為困住你的夢境具有完全的實感，所以當它與真實之間產生了衝突時，由那個衝突所引發的痛苦也才會是實感的啊，這就是籠子。」

「而佛陀的籠子已經著火燃燒了？」他表情嚴肅地問道。

「沒錯，由於對謊言的嚴重過敏反應造成了發炎，佛陀的世界開始著火燃燒。」我回答，「當你已經全身著了火時，你是個王子或乞丐又有什麼差別呢？你都只能奮不顧身地衝撞這個困住你的籠子而已。」

「所以佛陀最後就成功逃出這個著火燃燒的籠子了，是嗎？」他鬆了一口氣地說。

「不是，他最後就與這個籠子同歸於盡了。」我回答。

真正的死亡

at 4:15PM

當佛陀被生老病死的景象狠狠打了一巴掌後，那個衝擊感就再也沒有辦法離開。真實已經對他發出訊號，他不但聽見了，而且自此無法讓這個聲音從他的腦海中消失。即使王宮內的生活仍舊衣食無缺，佛陀卻再難獲得真正的平靜。

雖壽百歲，亦死過去，為老所厭，病條至際。
是日已過，命則隨減，如少水魚，斯有何樂？

——法句經無常品

生老病死的苦惱已在佛陀心中引燃火種，並且越燒越烈，所以他如何還能安於原處繼續做個無憂無慮的王子呢？他只能不顧眾人反對，拋下一切就動身去尋找解藥。只是他並不知道究竟應該怎麼做才好，因此就去請教一位叫做阿羅羅伽羅摩的修行者。阿羅羅告訴佛陀，想要解決他的苦惱，他就必須修習禪定，在禪定的清淨中苦惱自然能夠止息。於是佛陀便獨住靜處，心不放逸，不久即證得無所有處成就。可是他的過敏反應卻沒有真正消失，他想這也許是因為他的禪定功夫還不足夠，所以就又去請教了另一位叫做鬱陀羅羅摩子的修行者。在鬱陀羅的指導下，佛陀很快又證得非有想非無想處成就，這在當時已是修習禪定者所能證得的最高成就。但他還是沒有從著火燃燒的籠子裡成功脫困，這到底是怎麼一回事啊？

為什麼即使已經證得各種禪定成就，佛陀依然沒有從他的苦惱中解脫呢？這當中的理由其實也很簡單，因為在各種禪定中改變的只是覺知生起時的內容與強度，但認知的作用卻不會只因覺知內容或強度的改變而停止。即便是在滅盡定中，謊言也只是暫時未生起而已，一旦出定，認知就會自動回復運作。

對於只是想要在夢境中睡得更安穩的人來說，禪定所帶來的清淨也確實具有如同麻藥般的效果，那能夠暫時緩解由惡夢所引發的痛苦。因此，佛陀之前的眾多修習禪定者在獲得他們各自期望的安慰之後，才會再度陷入另一個深度的睡眠之中。人們在夢境中出生，也在夢境中結束這一生。但佛陀卻不是這樣子的人，他想要的並不是在夢境中睡得更安穩的答案。自從佛陀聽見真實對他發出的訊號後，他便對謊言產生了嚴重的過敏反應。這個過敏反應既純粹又強烈，因而超越了核心概念為自身利益所做的每個盤算—沒有任何一個藉口能夠欺騙佛陀讓他繼續待在夢境之中了。

「佛陀最後與困住他的籠子同歸於盡了？」戴德門驚訝地說。

「是啊，在死亡發生的瞬間，佛陀就與困住他的籠子同歸於盡了。」我回答。

「佛陀最後不是成功逃出這個籠子的嗎？」他睜大眼睛。

「不是，沒有任何一個人可以成功逃出這個籠子，佛陀也不例外，我不是已經告訴你這是個無法通過的考驗了嗎？正因為他已經完成了這個無法通過的考驗，所以他才被稱為佛陀的。」我回答。

「這是個沒有人可以通過的考驗，因為所有人在越過終點線的瞬間就會灰飛煙滅不再存在了？」他表情茫然地說。

「正是如此，夢境由認知構成，而認知系統的運作中心就是核心概念，只要核心概念仍然存活著，認知的作用就不可能停止啊。」我回答。

「所以你才會說，死亡是如實見到真實所必須付出的代價？」他直直盯著我。

「沒錯，唯有謊言已經無餘依滅盡之後，真實原本的樣子才會如實顯現。」我回答，「只要你以現在的方式繼續存活著，你就只好一直待在籠子裡了，這完全無法討價還價。」

「如果真的沒有任何一個人可以成功逃出這個籠子，那所謂的出三界又是怎麼一回事？我還以為所謂的出三界指的就是從這個籠子裡成功脫困呢。」他問了一個像是宗教研究社團所會問的問題。

「這麼說吧，出三界這個詞用得並不是很恰當，這種形容方式總是很容易受到誤解，因為其實根本就沒有什麼東西可以跑出去到三界之外。從籠子裡脫困這件事並不是你本來在籠子內，然後有一天你就成功地跑到了籠子外。」我簡單地向他說明，「欲界、色界、無色界這三界只是覺知內容的一種三分類法而已，覺知的內容也還可以用二分類法、五分類法、六分類法等等來區分。但不論覺知的內容用幾分類法來區分，只要覺知存在著，覺知就一定有內容，而覺知永遠都在。所以你怎麼有可能跑出去到一個完全沒有任何覺知內容的地方呢？這自然是不可能。」

「那麼佛陀又是如何—呃，完成了這個無法通過的考驗？」他問道。

「他一開始也不知道應該怎麼做才能解決他的苦惱，於是就去請教一位叫做阿羅羅伽羅摩的修行者。」我說，「阿羅羅是一位禪定的修行者，因為在禪定方面有很高的成就而受到眾多弟子追隨。阿羅羅告訴佛陀，想要解決他的苦惱，他就必須修習禪定。所以佛陀便依照阿羅羅的指導開始練習禪定，而且不久之後，他旋即獲得了與阿羅羅同樣的成就，也就是無所有處定。」

「我知道，這是一個無色界定。」他說。

「嗯，這是一般所謂四禪八定中的第七個定。」我接著說，「可是即使佛陀已經證得無所有處成就，他的過敏反應也沒有因此獲得改善。所以他又去請教另一位叫做鬱陀羅羅摩子的修行者，以修習更高的禪定。」

「四禪八定中的第八個定，也就是非有想非無想處定。」他說。

「沒錯，這在當時已是修習禪定者所能證得的最高成就，」我附和道，「然而當佛陀也達到了非有想非無想處定的成就時，他的苦惱卻依然沒有真正止息。」

「所以問題究竟是出在哪裡？」他問道。

「問題就出在一般人只是對『果』起了過敏反應，但佛陀除了對『果』起了過敏反應外卻還同時對『因』起了過敏反應。當一般人還只是對惡夢產生過敏反應時，他卻對夢的本身也起了過敏反應，所以只要謊言尚未完全根除，他就無法獲得真正的平靜。」我回答。

「但在四禪八定之上不是還有個滅盡定嗎？」

「有啊，可是不論你已經證得了何種禪定成就，即便是滅盡定，你也不會因此就可以擺脫永無休止的輪迴。因為在各種禪定中改變的只是覺知生起時的內容與強度，但認知的作用卻不會只因覺知內容或強度的改變而停止。只要核心概念仍然存活著，認知的作用就會持續進行，夢境仍會以各種不同的樣態反覆生起，所以佛陀的過敏反應才會一直沒有消失。」

「怎麼禪定被你說得好像一無是處似的。」

「我沒有說它一無是處，我只是說你並不會只因證得了何種禪定成就而能擺脫永無休止的輪迴。事實上，你甚至有更高的機率會因為卡在禪定成就之中而陷入更深的夢境。禪定不過是暫時地安住在某些覺知內容上，但真實卻是恆常地安住在每一個覺知內容上，不論那個生起的覺知是什麼。禪定並非正定，謊言永遠也不可能變成真正的真實，而佛陀察覺得出這種差別。」

「如果連禪定的最高成就也無法令佛陀從著火燃燒的籠子裡脫困，那他到底還能怎麼辦呢？」戴德門深深吸了一口氣。

「的確，佛陀也不知道他還能怎麼辦了。自從佛陀離開王宮後，又過了幾個年頭。雖然他已經熟習了所有禪定的技巧，但他的苦惱卻沒有因此真正止息，他依然被困在著了火的籠子裡，而且現在連可以請教的對象也沒有了。所以如果你是他的話，你會怎麼做呢？」我問道。

「喔，我會怎麼做？」他側著頭想了一下，「可是，呃—老實說，我不太了解被困在著火燃燒的籠子裡究竟是怎麼一回事。因為我並沒有這樣子的感覺，所以也不知道在這種情況下的我可能會怎麼做。」

「沒錯，除非你自己已經全身著了火，否則你就不可能真正知道全身著了火的人到底會怎麼做。」我說。

「那我要怎樣才會—呃，怎樣才會——」他支支吾吾地說。

「哈哈，怎樣才會全身著火嗎？」我替他把話說完。

「是啊。」他尷尬地回答。

「不，你一點也沒有辦法勉強自己對根本就不排斥的事物產生過敏反應，過敏反應要嘛是已經發生了，要嘛就是還沒發生。而如果你甚至連對夢境的過敏反應都還沒有產生，你又怎麼有可能從夢境中醒過來呢？」我說，「但佛陀卻剛好相反，他對夢境的過敏反應既純粹又強烈，只要謊言尚未完全根除，他就無法停止衝撞這個將他困住了的密室。」

「可是他已經不知道他還能怎麼辦了啊。」戴德門大聲說。

「就算他已經不知道他還能怎麼辦，他也一樣無法就此算了。當你已經全身著了火時，難道你會因為不知道還能怎麼辦而停止掙扎嗎？」我反問他。

「誒，這個——」他愣住了。

「不會，對不對？」我說，「即使佛陀已經沒有了可以請教的對象，他也無法停止掙扎。於是他隻身走入深山老林，獨自面對夢境的試煉。」

「獨自面對夢境的試煉？」

「嗯，他利用熟習了的禪定技巧，反覆來回於三界之中，試圖找到任何一絲脫困的機會。」

「反覆來回於三界之中？」

「是啊。」

「我以為所謂的三界六道只是佛法對於眾生的一種分類呢，人不是身處欲界眾生中的人間道而已嗎？那佛陀是怎麼可以反覆來回於三界之中的？」

「當然可以，人──包括你也是──本來就是持續不斷在三界之中來回跳動著。只不過因為覺知跳動的速度實在太快了，你才會分辨不出一個個不同而又即生即滅的覺知。」

「我也是持續不斷在三界之中來回跳動著？」

「是啊，這好比我們各拿一顆芭樂、芒果、柳丁，然後將它們打成一杯果汁。當你喝下這杯果汁時，你感覺你喝下的是一種芭芒柳汁的口味，但事實上這是芭樂、芒果、柳丁三種味道在你口中快速地交替生起。假使你能仔細專心地覺察，你就有可能可以分辨出芭樂、芒果、柳丁各自的味道，而禪定正可以用來清楚分辨出三界各自的味道。」

「三界與芭芒柳汁？」

「嗯，若是把欲界的味道類比為芭樂，那麼這個味道是由身體感官的五種物質類覺知產生的；若是把色界的味道類比為芒果，那麼這個味道則是由心理感官的物質類覺知產生的；若是把無色界的味道類比為柳丁，那麼這個味道又是由心理感官的非物質類覺知產生的。當身心因為禪定而逐漸進入休息狀態，身體感官的五種物質類覺知就會率先暫時停止生起，你口中沒有了芭樂的味道，只剩下芒果及柳丁的味道，這就是色界定。而當這個休息狀態變得更深沉時，心理感官的物質類覺知也會接著暫時停止生起，你口中連芒果的味道也沒有了，只剩下柳丁的味道，這就是無色界定。」

「也就是說佛陀已經可以清楚分辨出三界各自的味道了？」

「沒錯，可是因為在各種禪定中改變的只是覺知生起時的內容與強度而已，但認知的作用卻仍然持續進行著，所以不論佛陀在三界之中如何來回搜尋，他也還是無法找到從籠子裡脫困的方法。」

「難道這個籠子完全沒有任何可供逃生的縫隙嗎？」

「沒有喔，這個將人困住了的籠子正是沒有任何可供逃生的縫隙，因為它是個活生生的籠子，只要你想從哪個縫隙鑽出去，那個縫隙就會立刻被填補起來。」

「活生生的籠子？」

「嗯，這個籠子可以對應所有個別狀況靈活改變它的樣態，謊言為了能夠永遠地存活下去，當然會對應所有個別狀況靈活改變它的藉口啊。只要被困在籠子裡的那個人仍然存活著，謊言就永遠找得到藉口，而籠子也不會產生任何可供逃生的縫隙。」

「只要被困在籠子裡的那個人仍然存活著，籠子就不會產生任何可供逃生的縫隙？」

「是啊。」

「這不是太矛盾了，如果只要被困在籠子裡的那個人仍然存活著，籠子就不會產生任何可供逃生的縫隙，那佛陀要怎麼從這個籠子裡脫困？」

「這確實是很矛盾，但不論這件事有多麼矛盾，佛陀也不可能停止繼續衝撞這個將他困住了的籠子。」

「因為他正在著火燃燒著？」

「沒錯，佛陀不斷來回衝撞籠子的每個角落，但他就是無法脫困。」

「那然後呢？」戴德門聚精會神看著我。

「然後—你知道什麼叫做壓力鍋嗎？」我問他。

「壓力鍋？」他一臉莫名其妙，「當然知道啊。」

「佛陀就像被困在一個沒有任何洩壓孔的壓力鍋裡，於是持續燃燒所產生的熱能就在無法排氣的壓力鍋內不斷累積、不斷累積，而這最後就會達到臨界點。」我說。

「臨界點？」他狐疑地說。

「嗯，自從佛陀對謊言的過敏反應超越了對真實的恐懼時，他也就越過了轉折點，並且往真實所在的方向逐漸靠近，而他現在已經來到了臨界點，夢境即將被摧毀。」我回答。

「夢境即將被摧毀？」他屏氣凝神，「這表示會發生什麼事嗎？」

「你覺得呢？如果對一個無法排氣的壓力鍋不斷加熱的話，那麼最後會發生什麼事呢？」我反問他。

「喔，這個壓力鍋最後會—爆炸？」他小心翼翼地回答。

「答對了，」我給他鼓鼓掌，「這場矛盾之爭最終並不會產生任何勝利者，因為矛就是盾，盾就是矛，此戰的雙方奮戰到了最後也只能是同歸於盡，然後灰飛煙滅。當夢境爆炸的瞬間，原有的認知系統就會瓦解，核心概念頓時失去了自我的存在感，而整個世界也隨之完全崩潰。核心概念因無明而出生，並且因無明的滅去而不再能夠存在，死亡毫無預警地突然發生。」

「死亡就是這樣子發生的？」他驚呼一聲，「不會吧。」

「怎麼不會，佛陀就是這樣子坐在菩提樹下死了的。」

「可是他不是還活到將近八十歲嗎？」

「在八十歲時死亡的只不過是他的肉體，但真正的他在菩提樹下就已經死亡了。」

「就像耶穌一樣？」

「沒錯，在十字架上死亡的也只是耶穌的肉體而已。」

「這就是真正的死亡？」

「是啊，這就是真正的死亡，唯一一種真正的死亡。只要你親身經歷，你自然就會明白了。」我回答。

既無親朋為掛念，亦無仇怨相牽纏；
如是死於崖洞裏，無悔無恨心滿意。
親朋不顧我將老，弟妹莫認我死期；
如是死於崖洞裏，無悔無恨心滿意。
我死悄悄無人知，我屍鳥鷲亦不見；
如是死於崖洞裏，無悔無恨心滿意。
我屍一任蒼蠅食，我血一任蟲蛆飲；

如是死於崖洞裏，無悔無恨心滿意。
洞內死屍無血痕，洞外杳然絕人跡；
如是死於崖洞裏，無悔無恨心滿意。
我屍周圍無人繞，我死不聞人嚎哭；
如是死於崖洞裏，無悔無恨心滿意。
我行何方無人問，我止我住無人知；
如是死於崖洞裏，無悔無恨心滿意。

——密勒日巴滿意歌／張澄基譯

恐懼

at 4:30PM

「你的意思該不會是說，佛陀跟耶穌都經歷過這樣一種死亡的過程吧？」戴德門問道。

「沒錯喔，佛陀跟耶穌就是因為經歷過這樣一種死亡的過程，所以才如實見到了真實原本的樣子。」我回答。

「那麼一般人呢？難道一般人就不會有這樣子的經歷嗎？」他接著問道。

「不會。除非你對謊言也產生了像他們兩人一樣嚴重的過敏反應，否則一般人就是只會在夢境中出生，並且在夢境中結束這一生而已，但真正的死亡卻不會發生。這就是輪迴。」我回答。

「即使我的肉體死亡了，那也只是代表我在夢境中結束了這一生，但我其實並沒有真正的死亡？」他睜大眼看著我。

「是啊，你因無明而出生，所以只要無明尚未完全滅去，你就不會真正的死亡。」我回答，「這種無法真正死亡的處境在佛經裡被稱為輪迴，而在聖經裡則是用末日審判來形容—只要你尚未通過末日的審判，一切就還沒有結束。」

凡想要保全生命的，必喪掉生命；
凡喪掉生命的，必救活生命。

——路加福音 17:33

「即使我的肉體死亡了，一切也還沒有結束？」

「嗯，因為覺知並不會死亡啊，把肉體的死亡就當成了一切的結束並不真實，而這個與真實不符的認知就被稱為『斷見』。」

「好，這可是你自己說的。既然我的肉體死亡了，一切也還沒有結束，那麼我豈非可以永遠存在了嗎？」

「也不是，因為恆常存在著的是覺知的本身而不是你，『常見』只不過是另一個與真實不符的認知罷了。雖然覺知永遠都在，但你並不是；雖然覺知無法被殺死，但你可以。我就是已經死了的活生生例子啊。」

「你是已經死了的活生生例子？」他翻了個白眼，「雖然死亡已經在你身上直接發生，可是你的肉體卻還存活著？」

「沒錯。」我回答。

「相反的，即使一般人的肉體已經死亡了，但他們卻並未真正死亡，而是繼續輪迴，然後等待末日審判來臨的那一天？」他半信半疑地說。

「是的，真實就是這個樣子的。」我回答。

「真實就是這個樣子的？」他一副不以為然的表情，「這也太匪夷所思了吧。」

「一點也不會，這只是對真實平鋪直述的說明而已，只要你如實見到真實原本的樣子，你自然就會明白了。你之所以覺得匪夷所思，只不過是由於你一直以來都被困在夢境之中。」我對他說。

「那難不成佛陀跟耶穌不停在傳達的就是這種匪夷所—呃，這種真實嗎？」他問道。

「當然了，真實就只是真實而已，又哪來這種或那種不一樣的真實呢？雖然他們兩人用了不一樣的形容方式，但真實永遠是恆常如一的真實。」我回答。

「可是我不覺得追隨在佛陀跟耶穌之後無以計數的信徒們有看見你所說的這種真實

啊。」他提出質疑。

「這再正常也不過了，真實只是隨時隨地都與你直接面對面的東西，它本來就和任何信仰都沒有關係。真實從來就不需要被相信，只有不真實的東西才會需要你的相信，而那必須依靠相信才能存在的東西恰好就是謊言。所謂信徒也就是指誤信了謊言的徒子徒孫而已。不然你不也是對這兩位說過的話知之甚詳，那麼你有因此就看見他們兩人所看見的真實了嗎？」我反問他。

「喔。」他愣了一下。

「你總該有聽過瞎子摸象的故事吧，你覺得一個從未自己張開眼睛看過大象的瞎子能夠真正知道大象長得什麼樣子嗎？」我說。

「呃，這個──」他支支吾吾。

「因為瞎子並不知道大象長得什麼樣子，所以就想說如果藉由佛陀或耶穌對大象所做的形容，或許自己也可以因此認識大象究竟是個什麼東西。」我接著說，「而由於佛陀曾經說過大象有四條又粗又壯的腿，於是瞎子便一把抱住大象的其中一條腿，然後滿意地思考著原來大象的確就如佛陀所說是像大樹一樣又粗又壯的東西。那麼請問瞎子有真正知道大象長得什麼樣子了嗎？」

「自然是沒有。」他不情願地回答。

「另有一個瞎子相信了耶穌對大象所做的形容，因為耶穌曾經說過大象有一條又軟又長的鼻子，所以這個瞎子便一把抓住大象的鼻子，然後滿意地思考著原來大象的確就如耶穌所說是像蛇一樣又軟又長的東西。那麼請問這個瞎子就有真正知道大象長得什麼樣子了嗎？」我再問他。

「唉，自然也沒有。」他嘆了一口氣。

「而且第一個瞎子還會跟第二個瞎子吵架呢，他們都堅持自己相信的才是真正的真實，於是這兩個瞎子便更加用力地閉緊眼睛以想像大象真實的樣子。」我說，「大象明明就在他們眼前，他們卻不願意嘗試自己張開眼睛來看。」

「自己張開眼睛來看？但他們不是瞎子嗎？」他問道。

「人們正是因為被困在夢境之中才成為瞎子的，只要不再被困在那裡面，眼睛自然就會張開了。否則佛陀跟耶穌又是如何看見真實原本的樣子呢?就是因為他們的眼睛已經張開了啊。」我回答。

當死亡真正發生，瞎子的眼睛就會張開。
這個能夠看見真實的眼睛又被稱為法眼，
而死亡就是令它張開所必須具備的條件。

—死者如是說

「佛陀跟耶穌的眼睛已經張開了?這是什麼意思?」他疑惑地說，「我的眼睛不也是一直張開著嗎?」

「沒有喔，從你開始跟我談話到現在，你的眼睛連一次都還沒有張開來過呢。」我說，「你的眼睛雖然在夢境的世界裡是張開著，但是在真實的世界裡卻一直都是閉著的，所以你才會只看得見夢境而看不見真實。」

「我的眼睛一直都是閉著的？」他皺了皺眉頭。

「是啊，若非如此，你又豈會看不見真實原本的樣子而與它不斷地產生衝突呢？」我說，「你一直都沒有嘗試自己張開眼睛來看。」

「我沒有嘗試自己張開眼睛來看？」

「沒錯。」

「真是這樣子的嗎？」

「嗯，這也沒什麼好奇怪的，又不是只有你一個人是這樣子，一般人也都是這樣子啊。」

「為什麼？這明明就很奇怪吧。」他直直盯著我，「既然只要自己張開眼睛來看就可以見到真實原本的樣子了，那大家幹嘛不張開眼睛呢？這有什麼困難嗎？」

「這確實是有個小小的困難必須克服。」我回答。

「什麼困難？」

「恐懼。」

「恐懼？」

「嗯，也就是對真實的恐懼。」

「對真實的恐懼？」他一臉莫名其妙。

「嗯，你必須完全超越對真實的恐懼，你才能有足夠的勇氣張開眼睛來看真實原本的樣子。」我向他解釋，「不然你以為佛陀為什麼會有一個別號叫做『大雄』呢？就是因為他已經完全超越了對真實的恐懼啊。」

「我在恐懼—真實？」他不可置信地說。

「是啊，恐懼令你從直接面對真實這件事上逃開了。」我說，「由於真實令你心生恐懼，你想盡辦法躲在認知背後以避免直接面對真實，然而認知卻正是那個將你囚禁了的綁匪。對真實的恐懼使你自願受到綁匪囚禁，而這其實就是患了斯德哥爾摩症候群所表現出來的典型症狀。」

「我患了斯德哥爾摩症候群？不會吧。」他不同意我的指控，「我幹嘛要恐懼真實。」

「哦，所以你對真實完全沒有任何恐懼嗎？」我挑戰似地看著他。

「我為什麼要恐懼真實呢？你倒是說說看，我對真實是有什麼需要恐懼的？」他義正辭嚴地說。

「這就得問問你自己了，畢竟每個人所恐懼的對象都不盡相同。有人有懼高症，與之相反，有人卻熱愛跳傘；但熱愛跳傘的人也許很怕水，而有懼高症的人卻可能是個游泳健將。每個人都只能存活在各自所認知到的世界裡。」我說，「那麼在你的世界裡，你恐懼的是什麼呢？恐懼生老病死還是恐懼碌碌無為？恐懼孤單還是恐懼面對群眾？恐懼未知還是恐懼平凡無奇的未來？恐懼得不到所愛還是恐懼失去所愛？恐懼上不了天堂還是恐懼會下地獄？但不論你所恐懼的對象是什麼，那都只是由於恐懼真實而呈現出來的其中一個面向而已。對於不想接受的真實，你會自然而然產生各種拒絕的反應。比如當我冷不防打了你一巴掌時，你就立刻怒不可遏地把我推開。這個拒絕的反應不論是以生氣、沮喪、厭惡或者焦慮的方式呈現，都一樣是源自於對真實的恐懼。因為恐懼那難以接受的真實，你將真實扭曲成為可被接受的認知，謊言編造出一堆藉口以避免與真實直接面對面。張開眼睛直視真實實在是太可怕了，你閉上眼睛躲入夢境之中。問題是，夢境終究不是真正的真實，當假的被當成了真的時，它就會與真的不斷地產生衝突。」

「我在害怕張開眼睛直視真實？」他表情茫然地喃喃自語，「我有嗎？」

「有啊，否則明明白白擺在眼前的真實你有什麼理由看不見它呢？就是因為你一直在逃避它啊。」我說，「如果你無法完全超越對真實的恐懼，你就永遠不可能如實見到真實原本的樣子。這正是佛陀之所以會被稱為『大雄』的原因，他已經完美地超越了這個恐懼。超越了對真實的恐懼，也就等於超越了所有恐懼，因為真實—也就是覺知—永遠都在。」

「超越了所有恐懼？」他吞了一口口水，「那麼耶穌也——」

「當然，耶穌自也是超越了所有恐懼。」我回答，「不然你以為背上十字架，在死亡的面前引頸就戮有這麼簡單嗎？」

夢境滅去

at 4:40PM

死亡發生的瞬間，
原有的認知系統就會瓦解；
核心概念頓時失去了自我的存在感，
而整個世界也隨之完全崩潰。

夢境一旦滅去，
真實就能如實地被看見；
被真實識破了的謊言從此無法再生起，
你不可能活過來了。

—死者如是說

「死亡是如實見到真實所必須付出的代價，而這還得完全超越對真實的恐懼？」戴德門訝異地張大嘴。

「沒錯，這是佛陀跟耶穌都走過了的道路，沒有走完這條路，真實就不可能如實地被看見。在謊言尚未徹底清除乾淨之前，真實又如何能夠被看見呢？」我說，「這條路起始於對謊言的過敏反應，結束於一切謊言的無餘依滅盡，而你必須完全超越對真實的恐懼才能完成這趟旅程。」

「可是我甚至連我是否有如你所說的在恐懼些什麼也還不能確定呢。」他說。

「我知道，就像你也不能確定自己是否有被困在夢境之中一樣，因為你一直都在逃避與真實直接面對面啊，你並沒有對謊言產生過敏反應。」我說。

「我並沒有對謊言產生過敏反應？那我要怎樣才能——」他脫口而出。

「不能，你既不能自願也無法勉強自己對不會過敏的事物產生過敏反應，過敏反應要嘛是已經發生了，要嘛就是還沒發生，而你無法決定它會在什麼時候發生。這是因為你的每一個決定都只是遵循著你自身的意願而已，你只能做出符合你自身意願的決定，你的決定並無法違背由你自己一手所建立起來的認知系統。」我對他說，「然而對謊言的過敏反應卻偏偏與你的認知相違背，也就是說，除非是認知已經對自身起了過敏反應，否則你就永遠不可能起身開始嘗試衝撞這個將你困住了的籠子。唯有你對謊言的過敏反應已然嚴重到超越了對真實的恐懼時，轉向才會發生。」

「轉向？」他一臉不解。

「嗯，從面向謊言的方向轉而面向真實，從往夢境深處前進的方向轉而往醒過來的方向前進。」我回答。

「而這條轉向後的道路最終將會導致死亡的發生？」他倒吸一口氣。

「正是如此，我就是這樣子死了的。」我若無其事地回答。

「可是如果我無法決定這個轉向會在什麼時候發生，那我究竟要到何時才能─呃，才能如你所說的自己張開眼睛來看真實原本的樣子呢？」他皺著眉頭。

「雖然你無法決定這個轉向會在什麼時候發生，但轉向到了最後畢竟還是會發生的。不論要經過多久時間，即使要到看不見盡頭的未來，反正轉向終究一定會發生。」我回答。

「轉向終究一定會發生？」他半信半疑地說，「每個人都是嗎？」

「當然了，每個人都是，事實上任何有覺知的眾生都是─『一切眾生畢竟成佛』所指的也就是這件事。」我回答。

「什麼？」他嚇了一大跳。

「因為覺知永遠都在啊，在你張開眼睛看見真實之前，你擁有無限的時間，這就是轉向終究一定會發生的原因。」我說，「不過，正由於覺知永遠都在，所以只要謊言仍然存在著，輪迴也就不可能結束。在謊言無餘依滅盡之前，你就是只能在不斷生起的夢境中永無休止地重複與真實之間的衝突。那麼你現在覺得『一切眾生畢竟成佛』是一件能夠讓你感到欣慰的好事嗎？」

「喔，這聽起來似乎還不賴啊。」他不假思索地回答。

「對於只是想要在夢境中睡得更安穩的人來說，這乍聽之下似乎還不賴：既然我與佛陀在本質上也沒有什麼不同，那我不就可以放心了嗎？反正我終究會像佛陀一樣看見他所看見的啊。於是你在獲得了你想要的安慰之後便放心地繼續沉睡下去。」我說，「可是對於已經因過敏反應而全身正在著火燃燒的人來說，這不但沒有什麼好欣慰的，而且相反的還實在是太可怕了，這簡直就是身陷於不知何時才能停止燃燒的地獄之火中。」

「身陷於不知何時才能停止燃燒的地獄之火中？」他一陣目瞪口呆。

「是啊，在輪迴沒有結束之前，熊熊燃燒的大火又如何會停止？這正是對謊言已經產生嚴重過敏反應的人所要面對的處境。」我說，「這種人已經完全無法悠閒地繼續沉睡，只能奮不顧身地衝撞這個將他困住了的籠子，就像當初的佛陀一樣。不過，會對謊言產生如此嚴重過敏反應的人其實也就只有鳳毛麟角罷了。而因為這種人在遇到衝突時的反應方式與一般的正常人大異其趣，所以有時候只要做個小實驗就能夠將這種人給分辨出來。」

「又是小實驗？」

「對啊，就是我一開始要你做的那個實驗。」

「呃，把我的左手臂給砍下來？」

「沒錯，就是那個實驗。這比耶穌的打你右臉一巴掌還要更殘酷一些，可是這也一樣不是我發明的，這是達摩在一千五百年前就已經發明了的。」

大師自到東京。有一僧名神光，昔在洛中久傳莊老。年逾四十，得遇大師，禮事為師。從至少林寺。每問於師，師並不言說。又自歎曰：「古人求法，敲骨取髓，刺血圖像，布髮掩泥，投崖飼虎。古尚如此，我何惜焉？」時大和十年十二月九日，為求法故，立經子夜，雪乃齊腰。天明師見問曰：「汝在雪中立，有如何所求耶？」神光悲啼泣淚而言：「唯願和尚開甘露門，廣度群品。」師云：「諸佛無上菩提，遠劫修行。汝以小意而求大法，終不能得。」神光聞是語已，則取利刀自斷左臂，置於師前。師語神光云：「諸佛菩薩求法，不以身為身，不以命為命。汝雖斷臂求法，亦可在。」遂改神光名為惠可。

——祖堂集．卷第二

「你在說——神光求教於達摩祖師的故事嗎？」他問道。

「正是在說這兩個人。」我回答，「達摩當初從印度來到東土，落腳於少林寺。神光聽說達摩是個已經覺悟了的人，他已經明白了生命的所有真相，於是便到少林寺希望能夠求教於達摩，可是達摩一開始卻都不理他。」

「這個達摩的架子也未免太大了些吧，我還以為一個所謂已經覺悟了的人不是就應該會有渡人的慈悲心嗎？」他說。

「不，這跟什麼渡人的慈悲心可一點關係也沒有，達摩一開始之所以不理會神光只是由於理他也沒有用而已。」我回答。

「理他也沒有用？為什麼？」他疑惑地說。

「因為神光又還沒有對謊言產生真正的過敏反應，對一個只是想要在夢境中睡得更安穩的人解釋如何才能夠醒過來豈不是很好笑嗎？他想要的又不是醒過來，他想要的只是睡得更安穩啊。」我回答。

「神光沒有想要醒過來？」戴德門語帶懷疑，「但他不是已經誠心誠意地來向達摩請教了嗎？」

「神光確實是來向達摩請教了，不過這也只是順著他的認知在反應而已，就如同此前他生命歷程中的所有行為模式一樣，依著自身的意願往前進。」我回答。

「依著自身的意願往前進？這又有什麼問題呢？這不是再正常也不過了嗎？」他說。

「是啊，這真的是再正常也不過了，只要是個一般的正常人大概都會是這樣子反應的，所以達摩才沒有裡他。」我回答。

「什麼？」他整個人呆住。

「在神光的夢境中，他就是唯一的權力者，他既是真假、好壞、對錯的唯一度量衡，也是這個夢境世界裡唯一的築夢師。夢境中所有的場景與角色都是透過他才建立起來的，達摩自然也是，所以如果夢境中唯一的權力者並沒有起身反抗這個夢境，那麼區區一個夢境中的角色又能夠做些什麼呢？」我說。

「達摩只是神光夢境中的一個角色而已？」他驚呼一聲。

「這有什麼好訝異，我也一樣只是你夢境中的一個角色而已啊。」我說，「由認知構成的世界是以核心概念為中心建立起來的，覺知的內容在轉換成認知的過程中都會經過核心概念的詮釋，所以在你尚未出生之前，又有哪個角色可以比你更早出生呢？所有人都只是在你之後才出生了的角色。」

「沒有人可以比我更早出生？」

「當然了，你不是對聖經的內容多少有些認識，那麼難道你沒有讀過『耶穌言已在亞伯拉罕之先』這個章節？」

猶太人說：「你還沒有五十歲，豈見過亞伯拉罕呢？」
耶穌說：「我實實在在地告訴你們，還沒有亞伯拉罕就有了我。」
於是他們拿石頭要打他；耶穌卻躲藏，從殿裏出去了。

——約翰福音 8:57

「耶穌在亞伯拉罕之先？」
「沒錯。」
「啊，」他似乎了解了，「所以雖然神光自己並沒有察覺，但他其實也是在達摩之先。」
「正是如此，」我笑著對他說，「我實實在在地告訴你，還沒有耶穌與佛陀就有了我。」

「喔，」他朝我翻了個白眼，「因為夢境是由神光自己建立起來的，神光就是夢境中唯一的權力者，所以除非神光自己已經開始起身反抗這個夢境，否則達摩也沒有辦法真正幫他做些什麼了？」

「對，解鈴還須繫鈴人，這是如實見到真實的唯一方式，沒有任何其他人可以替你走完這條路。」我回答。

「而神光終有一天開始反抗這個夢境了，因此達摩才理他的？」他問道。

「嗯，永無休止的輪迴最後終於令他發了瘋地將自己的左手臂給砍下來。」我回答。

戴德門臉色慘白地吞了一口口水。

「只有對謊言已經產生嚴重過敏反應的人才會不以身為身，不以命為命，發了瘋地衝撞這個將他困住了的籠子。」我繼續說，「達摩眼見神光已經轉向，他已經越過生命的轉折點而準備往醒過來的方向前進，於是就給他取了一個新的名字叫惠（慧）可，意思是這個過敏反應的強度還算可以。」

「這種程度只是還算可以？」他激動地說。

「不然呢？這只不過是一條左手臂啊。」我說，「當這條路走到最後，你會失去的又豈止是一條左手臂而已，你將會失去所有，然後灰飛煙滅，從此不再存在。」

不可逆的真實

at 5:00PM

死亡是一種不可逆的反應——
一旦你成為真正的死者，
你就再也無法活過來了。

——死者如是說

「當這條路走到最後，我就會灰飛煙滅，然後從此不再存在？」戴德門表情嚴肅地再問一次。

「沒錯，任何人只要沿著這條路一直走下去，死亡最後就一定會發生。」我回答。

「所以說幹嘛要去走這條路啊，這麼做到底有什麼好處呢？」他一臉莫名其妙。

「沒有好處，從核心概念的角度來看，這的確是沒有任何好處，因為這麼做也就等於是要了它自己的命。所以這本來就不是認知系統的正常運作方式，而一般人也沒有理由走上這條路。」我回答，「你的行為模式本來就無法違背由你自己一手所建立起來的認知系統，除非是——你已經發了瘋。」

「除非我已經發了瘋？」他一副不以為然的表情。

「是啊，當你正深陷於一個著火燃燒的籠子裡時，難道你還會考慮衝撞這個籠子到底有什麼好處嗎？」我問他。

「誒，這個──」他一時語塞。

「夢境世界之所以能夠存在，仰賴的是認知系統的正常運作，因此要是有一天，從來不曾存在任何挑戰者的認知竟然反常地對自身產生了嚴重的過敏反應，那麼這個夢境就有可能開始一步步崩潰。」我對他說。

「認知對自身產生了嚴重的過敏反應？」他皺著眉頭。

「嗯，就如同神光的情況一樣，由於嚴重的自體免疫反應發作了，原本用來保護自身存活的免疫系統反過來開始攻擊自身，而這最終也就導致了死亡的發生。」我回答。

「換句話說，神光的核心概念最終灰飛煙滅了？」他睜大眼看著我。

「正是如此，神光的核心概念──也就是他之所以為他的本質──最終灰飛煙滅，而且永遠無法再存在了。」我回答。

「不，我還是不明白，核心概念說到底也只不過是一個概念而已，為什麼神光會因為核心概念的灰飛煙滅而死了呢？」他大聲說。

「如果我們在談的只是一個普通的概念，那神光自然是不可能因此就死了。但核心概念卻不是一個普通的概念，它與其他一般概念有著根本上的不同，因為世界是由覺知內容的概念化而生，唯獨核心概念是由覺知本身的概念化而生。即生即滅的覺知內容經過概念化後形成了對世界的認知，而覺知的本身經過概念化後則形成了對自我的認知。所以一旦這個核心概念徹底瓦解滅去，神光當然也就無法再存在了。」我耐心地向他解釋。

「而且神光不但死了，連同他的世界也隨之完全崩潰了？」他問道。

「是啊，由認知堆疊而成的世界就像個無限巨大的組合積木，而每個認知就是一個積木單元。所有在覺知裡生起的事物—不論是物質的或非物質的—經過概念化後就形成了一個個積木單元。這些積木單元源源不斷地生起滅去，但絕對不會有匱乏的一天，因為覺知永遠都在。那麼這些無以計數的積木單元又是如何堆疊成這個世界的呢？靠的就是核心概念，核心概念就是將這些積木單元組合起來的力量。這個由積木單元堆疊而成的世界並不會由於失去了某幾塊積木就完全崩潰，因為它有取之不竭、用之不盡的其他積木可以用來替代那些已經失去了的積木。可是如果失去了的是核心概念的力量，那麼這個世界將會毫無疑問地整個坍塌。」我說。

「這就是死亡真實發生時的情況？」他接著問道。

「嗯，當死亡真實發生，核心概念就會頓時失去自我的存在感，而整個世界也隨之完全崩潰。你與困住你的籠子同歸於盡了，於是所有的權柄最後便會重新回到覺知手上。」我回答。

那時約有午正，遍地都黑暗了，直到申初，日頭變黑了；殿裏的幔子從當中裂為兩半。耶穌大聲喊著說：「父啊！我將我的靈魂交在你手裏。」說了這話，氣就斷了。

——路加福音 23:44

「所有的權柄最後便會重新回到覺知手上？這到底是什麼意思？我實在還是很難想像。」他說。

「這沒什麼好奇怪的，你本來就不可能閉著眼睛光靠想像就能夠如實見到真實原本的樣子。瞎子摸象的故事你忘了嗎？你得自己張開眼睛來看啊。」我拍拍他的肩膀，「不論我花多少時間向你解釋，你也不可能因此就能理解何為真正的真實，因為你從我口中聽見的都只是經過了多重概念化後的覺知，而不是它原本的樣子了。」

「多重概念化後的覺知？」他疑惑地說。

「是啊，當真實從我口中說出的瞬間就已經經過了第一次的概念化，而當你把我說的話聽進去時就又經過了第二次的概念化——這些都不是真實原本的樣子，只是認知而已。」我回答，「你無法靠著對真實的片面詮釋來理解何為真正的真實，否則每個知道佛陀或耶穌曾經說過什麼話的人，豈不是早就應該看見他們兩人所看見的真實了嗎？」

「所以你的意思是，這些都只是指月之指？」他問道。

「指著月亮的手指是認知，但順著手指的方向看過去的月亮又何嘗不是認知呢？這些都一樣是夢境。」我回答，「你無法因為理解了我所說的話而就能夠親眼見到真實原本的樣子，事實剛好相反，你只能在已經親眼見到了真實原本的樣子之後，才能夠真正理解我所說的話。然而有趣的是，如果你已經親眼見到了真實原本的樣子，那我又有什麼必要再向你解釋任何事呢？所以佛陀才會只顧著信手拈花。」

「可是迦葉卻微笑了，對不對？」他直直盯著我。

「嗯，因為他已經不再需要任何解釋。」我說。

「也就是說，迦葉已經親眼見到真實原本的樣子了？」戴德門兩眼發光。

「只有他才知道自己究竟見到了什麼，不過如果他其實還沒有親眼見到真實原本的樣子，那麼他就仍然會有各種疑問。只要你仍然身處夢境之中，你就一定還會有許多疑問，因為謊言與真實之間理所當然會產生矛盾，而每一個矛盾都會製造出疑問。」我說，「相反的，只要有一天夢境完全滅去了，真實自然就會如實地被看見，而被真實識破了的謊言也就從此無法再生起了。」

「被真實識破了的謊言也就從此無法再生起？所以我不會再有任何疑惑了？」他問

道。

「當然，真實一旦能夠如實地被看見，你自然就不會再有任何疑惑。」我回答，「不過這同時代表著你再也不可能活過來了，死亡是一種不可逆的反應。」

「死亡是一種不可逆的反應？」他喃喃自語，「那麼在這真正發生之前呢？」

「在死亡真正發生之前，你就是只能在永無休止的輪迴裡載浮載沉，這完全無法討價還價。已經被視之為真的謊言在沒有被識破前就是會將你牢牢困在夢境之中，並與真實反覆產生衝突。你被迫必須不斷地處理這些輪迴的苦果，而且不論你如何努力，輪迴的苦果也還是會再次生起，因為輪迴的因並沒有斷除。」我說。

「輪迴的因？」他側著頭想了一下，「你是指核心概念嗎？」

「對啊，佛陀把輪迴的因又稱為無明，而無明就是沒有看見的意思，正是因為真實沒有清楚被看見，核心概念才出生了的。」我回答。

「所以當真實的原貌可以清楚被看見時，它看起來到底是什麼樣子啊？」他迫不及待地問道。

我往四周圍看了看，但是沒有見到任何一朵花，於是只好隨意撥弄著我的頭髮。

「什麼啦。」他漲紅了臉。

「喔，真實看起來就是這個樣子的。」我說。

實相 at 5:15PM

覺知經過概念化後形成了認知，於是——
由認知構成的夢境便從此將真實掩蓋。

真實原本的樣子可以簡稱為實相，
而實相也就是——未被掩蓋的覺知。

——死者如是說

「真實看起來就是這個樣子的？」戴德門嘆了一口氣，「所以我就是在問：這個樣子到底是個什麼樣子啊？」

「你得自己張開眼睛來確認的，不是嗎？你要如何才能確認某件事物到底是不是真實的呢？用假設的可以嗎？用推測的可以嗎？還是只要用相信的就可以了呢？」我說。

「唯有已經親身經歷了的事物，其真實性才能夠真正被確認，這我知道了。」他回答。

「沒錯，你得親自確認才行。」我給他鼓鼓掌。

「可是問題就在於，我不曉得要怎麼樣才能夠親自確認何為真實的原貌啊？」他沒好氣地說。

「很簡單，只要所有的謊言全部滅去了，真實的原貌自然就會如實顯現，否則你所看見的就只會是夢境而已。」我回答。

「只要所有的謊言全部滅去了？就這麼簡單？」他還是半信半疑。

「毫無疑問，就這麼簡單，但問題的關鍵是，你已經做到了嗎？」我聳聳肩。

「不過我怎麼知道謊言是不是真的已經全部滅去了呢？」他問道。

「時候到了你自然會知道的，當死亡在你身上直接發生了時，你又怎麼可能會不知道呢？」我回答，「就像菩提樹下的佛陀一樣，在謊言全部滅去了的瞬間，他立刻就知道了。」

「因為在這個瞬間，佛陀他就─呃，死了？」他試探性地問道。

「正是如此，」我回答，「在這個瞬間，核心概念猝然力竭而亡。失去了將一個個認知組合起來的力量，由認知堆疊而成的世界也就隨之整個坍塌。夢境一旦完全崩潰，真實的原貌自然就會如實顯現。這個如實被看見了的真實可以簡稱為實相，而實相也就是未被掩蓋的覺知。」

「未被掩蓋的覺知？你的意思是，在這之前覺知被什麼東西給掩蓋住了嗎？」他若有所思地說。

「嗯，覺知被認知給掩蓋住了啊。」我回答，「由於假的被當成了真的，真的才因此變得無法被看見。」

「而認知就是覺知的概念化，啊──」他拍了一下自己的腦袋，「你的皮夾子。」

「對，我的皮夾子就是覺知內容的概念化，而你則是覺知本身的概念化。即生即滅的覺知內容經過概念化後形成了對世界的認知，而覺知的本身經過概念化後則形成了對自我的認知。於是，由認知構成的夢境便從此將真實掩蓋。」我向他解釋，「覺知理應能夠見到自身，只因謊言的蒙蔽才變得看不見自己。」

「謊言的蒙蔽？也就是說，這個將覺知蒙蔽了的謊言就是──我自己？」他一副不可置信的表情。

「是啊，擋在覺知面前的正是你自己。」我回答，「只要你仍然存活著，覺知就不可能直接見到自身。」

「所以你才會說，死亡是如實見到真實所必須付出的代價？」他直直盯著我。

「沒錯，這完全無法討價還價。」我回答，「而你──仍然存活著，不是嗎？」

「喔。」他翻了個白眼。

「閉著眼睛是不可能看見真實的，所以達摩一開始才沒有理會神光。達摩知道，不論他花多少力氣向神光解釋何為真實，神光也不可能真的了解，除非他能夠自己張開眼睛來看。問題是，他甚至連對謊言的過敏反應都還沒有生起呢，而你正是那個還沒有產生過敏反應的神光。」我拍拍他的肩膀，「不過自古以來，會對謊言產生具有十足致命性過敏反應的人本來也就只有鳳毛麟角而已。」

「那你跟我講了這麼多，豈不等於完全沒有什麼用了嗎？」他瞪著我。

「一般來說，這的確是不會有什麼用，因為你從我口中聽見的都只是經過了多重概念化後的覺知，而不是它原本的樣子。然而這就是夢境的正常運作方式，你只會在反覆生起的認知裡不斷地鬼打牆。」我回答，「所以要不是你一直追著我問，我大概一樣不會理你。」

「但是我也有可能會因為聽了你說的這些話而開始懷疑，甚至進一步對謊言產生過敏反應的吧？」他說。

「嗯，這倒不是完全不可能，雖然事實上你或許有更高的機率會因為盲目相信我而陷入更深的夢境。所以你難道真的有因為聽了我說的話而開始感覺到哪裡不太對勁嗎？」我反問他。

「呃，也許還算不上什麼過敏反應啦，但你說的話已經確實引起了我的興趣，我真的想要知道真實究竟是怎麼一回事啊。」他一臉認真地說。

「不，好奇跟過敏反應可是兩碼子事，好奇仍舊是順著認知的一種反應方式而已，那只是為了將超出認知理解範疇的事物重新變成可被理解的認知。然而認知不論如何改變，它也絕對無法可以帶你直接見到真實，你要如何利用對真實的片面詮釋來直接見到真實呢？這自然是不可能。所以佛陀才會說『凡所有相，皆是虛妄』，這個『所有相』指的也就是認知。」我對他說，「好奇只不過是順著認知的一種反應方式而已，但是當嚴重的過敏反應發作了時，你可不會乖乖地順著你的認知行動。相反的，你還會開始起身反抗它，這才是對夢境已經過敏了時所會產生的反應，這是一種自體免疫反應。」

「而我還沒有對夢境產生過敏反應？」他表情茫然。

「是啊，如果你從未起身反抗這個將你困住了的夢境，你又怎麼有可能離得開它呢？」我說，「在夢境中尋找真實終不能得，你得自己張開眼睛來看。」

「可是我就是因為不懂怎麼樣自己張開眼睛來看，所以才問你的啊。」他無奈地說。

「我知道。問題是，不論我花多少力氣向你解釋怎麼樣才能夠自己張開眼睛來看，你也不可能因此就忽然可以真正張開眼睛看見真實原本的樣子。事實上，你甚至有更高的機率會將眼睛閉得更緊。因為認知是無法帶你直接見到真實的，而你從我口中聽見的都只是認知而已。『若以色見我，以音聲求我，是人行邪道，不能見如來』，問題就是出在這裡。」我說。

「所以除非我已經自己走完這條通向死亡—也就是通向真實的道路，否則我就不可能直接見到真實了？」他問道。

「完全正確。」我回答。

「難道沒有其他任何可以如實見到真實的方法了嗎？」他不死心地追問。

「沒有。」我斬釘截鐵回答，「真實如果不是全然真實的，它就是不真實的。你若不是處在全然的真實裡，你便是活在謊言中。在謊言無餘依滅盡之前，真實原本的樣子就是不可能如實顯現。沒有任何一個『我』能夠真正了解『無我』到底是什麼意思，你要嘛是個活人，要嘛是個死者，如此而已，真實與謊言就是在這裡分界的。」

「分界？」他疑惑地說。

「沒錯，真實與謊言就是以無我作為分界的。」我再說一遍。

「無我？」他更加疑惑了。

「嗯，無我就是在說明你『死亡後』以及『出生前』的存在狀態，這才是真實原本的樣子，覺知也只有在這種狀態下才能夠直接見到自身。當死亡真實發生，核心概念就會頓時失去自我的存在感，而整個世界也隨之完全崩潰。你與困住你的籠子同歸於盡了，於是真實的原貌自然就會如實顯現。」我耐心地向他解釋，「肉體的死亡很稀鬆平常，全球每年差不多有五千五百萬人死亡，但真正的死亡卻很少見。所以人們才會在用完了一生的時間之後仍然不知道自己究竟生從何來，又要死往何去。除非在肉體的死亡發生前你便已經真正死去，否則輪迴就還沒有結束。」

「唯有死亡已經在我身上直接發生，我才能真正張開眼睛看見真實原本的樣子？」

「沒錯。」

「而且在我真正張開眼睛看見真實之前，你向我解釋再多都不會有用，是嗎？」

「是的，我再繼續解釋下去，不但很可能完全沒用，甚至有更高的機率會產生反效果。」

「就像瞎子摸象的比喻？」

「嗯，不論我對真實做了如何維妙維肖的解釋，所有解釋也只會是經過了多重概念化後的覺知，而不是它原本的樣子。假使你把這些認知直接當成了真實，你就會再度陷入另一個深度的睡眠之中無法自拔—閉著眼睛是不可能看見真實的。你因為不知道大象長得什麼樣子，所以希望我向你解釋大象究竟是個什麼東西。於是我費盡九牛二虎之力，用了各種方式對你形容大象的樣貌，那麼你可以從我的形容之中看到什麼呢？看到真實的大象嗎？不可能，你一直閉著眼睛啊，你只會看到想像中的大象而已。一旦你對這個想像中的大象感到滿意，甚至覺得這就是真實的大象，你就不會再嘗試自己張開眼睛來看了。」

「喔。」

「所有已經自己張開眼睛看見真實的人，從來沒有任何一個是因為對想像中的真實感到滿意而能夠直接見到真實。與之相反，他們正是由於對各種想像中的真實都感到非常不滿意，所以才自己張開眼睛來看的。」

「佛陀跟耶穌也是嗎？」

「當然，他們就是因為對各種想像中的真實都感到非常不滿意，所以才得以在最後完美地超越了對真實的恐懼而直接見到真實。如果他們當初只是隨便接受了任何一個對真實的片面詮釋，他們也就只能像常人一般繼續被困在夢境之中了。」

「那我也有可能像他們一樣看見他們所看見的真實嗎？」

「當然了，一切眾生畢竟成佛，只是不知道你還要繼續這樣耗下去多久而已。也許等到海枯石爛吧，反正在你張開眼睛看見真實之前，你擁有無限的時間。」

「但我現在就想要看到。」他語氣堅定地說。

「那你就得現在張開眼睛。」我笑著說。

「我就是不知道怎麼樣才能張開眼睛啊。」他一臉不滿。

「不，我已經把如何張開眼睛看見真實的整個過程講完一遍了，你之所以不知道怎麼做只是因為你還沒有對謊言產生真正的過敏反應而已。一旦嚴重的過敏反應發作了，你自然會開始不由自主地將謊言一個個吐出來，而這最終將會導致死亡的發生。」我說。

「然後真實的原貌就會如實顯現了？」他沒有把握地說。

「沒錯，就是這樣。」我回答。

「可是問題的癥結就在於—我還沒有對謊言產生過敏反應？」他問道。

「是啊，你有像神光一樣發了瘋地將自己的左手臂給砍下來嗎？或至少像我一樣拿香菸燙自己的左手嗎？」我反問他。

「這──」他倒吸一口氣。

「如果你甚至連對夢境的過敏反應都還沒有產生，你又怎麼有可能從夢境中醒過來呢，對不對？」我說。

「唔──」他一時語塞。

「你一點也沒有辦法勉強自己對根本就不排斥的事物產生過敏反應，過敏反應要嘛是已經發生了，要嘛就是還沒發生。」我說，「想要在夢境中睡得更安穩的人自然會繼續待在夢境之中，只有當一個人對夢境的過敏反應已然嚴重到超越了對真實的恐懼時，他才有可能從夢境中醒過來，就是這樣。」

「所以在死亡真正發生之前，你向我解釋再多也不會有什麼用了？」他不情願地說。

「沒錯。」我回答。

「可是我還是想要知道──」他支支吾吾。

「知道什麼啦？」我笑著問他。

「就真實看起來到底是什麼樣子啊？」他又再問了一次這個問題。

大圓鏡

at 5:25PM

摩西對神說：「我到以色列人那裏，對他們說：『你們祖宗的神打發我到你們這裏來。』他們若問我說：『他叫甚麼名字？』我要對他們說甚麼呢？」神對摩西說：「我是自有永有的」；又說：「你要對以色列人這樣說：『那自有的打發我到你們這裏來。』」

——出埃及記 3:13

「那你有讀過出埃及記嗎？」我對戴德門說。

「出埃及記？」他疑惑地看著我，「摩西帶領以色列人渡過紅海的故事？」

「對，就是這個故事。」我說。

「所以呢？出埃及記又怎麼了？」他問道。

「你不是想要知道真實看起來到底是什麼樣子嗎？出埃及記裡面已經有描寫了啊。」

我回答。

「咦，有嗎？」他露出驚訝的表情。

「有啊，你知道摩西是在哪裡第一次見到真實的嗎？」我問他。

「摩西是在哪裡第一次見到真實的？」他一臉不解。

「是啊，不然我換個方式問好了：摩西是在哪裡第一次見到耶和華的呢？」我說。

「喔，」他側著頭想了想，「好像是在—何烈山上？」

「嗯，佛陀是在菩提樹下第一次見到真實，而摩西則是在何烈山上第一次見到真實—也就是耶和華的。」我豎起大拇指，「那麼你記不記得當摩西第一次見到耶和華時，耶和華是如何自我介紹的呢？」

「呃—耶和華對摩西說：『我是自有永有的』。」他回答。

「沒錯，神的名字『耶和華』就是由原希伯來語四字神名直接音譯而來，而這四字神名的原意正是自有永有的意思，如果用英語來說的話就是『I am that I am』。」我向他解釋，「當摩西第一次見到耶和華時，耶和華就是用『I am that I am』來做自我介紹的。」

「但這跟真實有什麼關係呢？」他問道。

「有，不過為了重現摩西第一次見到耶和華時的場景，我們兩人還是來演一齣英語話劇吧。」我對他說，「耶和華就讓你飾演，而我就演摩西了。」

「誒，等等——」他不知所措地搖著手。

「現在摩西已經晃蕩到了何烈山上，」我自顧自地演起來，「然後遇見耶和華了。」

摩西（我飾演）：「Who are you?」

耶和華（戴德門飾演）愣了一下：「I am that I am.」

我笑著給他鼓鼓掌。

摩西（我飾演）：「You mean You are I am?」

耶和華（戴德門飾演）又愣了一下：「No, I mean I am that I am.」

摩西（我飾演）：「Oh, I understand. You are truly I am.」

「這是什麼英語話劇啊，」他馬上就出戲了，「摩西對耶和華說：『你就是——我』？」

「沒錯，這就是摩西第一次見到耶和華——也就是真實時的場景。」我說，「摩西看見的並不是另一個別人，或者說，並不是另一個在他之外的耶和華，不然你以為他為什麼是蒙著臉去見耶和華的呢？因為他並不是在往外看，而是在往內看，他看見大圓鏡了。」

「大圓鏡？」

「嗯，當覺知直接見到自身，那就像是在看著一面全方位圍繞著自己的大圓鏡，不論往哪個方向看，它看見的都只是它自己。」

「摩西不論往哪個方向看都只是看見了他自己？」

「不是，是覺知不論往哪個方向看都只是看見了它自己，而摩西則是在大圓鏡裡看見了自己的生起以及滅去。」

「這兩者的差別是什麼呢？」

「這兩者的差別你得自己張開眼睛來確認啊，睜不開眼睛的瞎子能夠看見大象嗎？唯有核心概念完全粉碎了，覺知才有可能直接見到自身。當核心概念替代了覺知本身成為承載所有覺知內容的載體之後，假的就被當成了真的，並且還擋在真的面前，所以真實才會被埋沒於五里霧中。」

「這麼說來，摩西既然能夠看見耶和華，那豈不就代表他當時已經真正死亡了？」

「沒錯，若不是摩西當時已經真正死亡了，他就不可能見得到耶和華，真實與謊言就是以死亡──或說無我作為分界的。當你還在分界線的這一邊時，你就是不可能看得見真實原本的樣子，唯有越過分界線到達另一邊，真實的原貌才會如實顯現。所以摩西既然能夠看見耶和華，自然代表當時的他已經真正死亡了。」

「那麼你也可以看見耶和華了？」

「我大概不會用這種方式來形容啦，我又不是基督徒。」

「那麼難道你──呃，成佛了？」

「哈哈，我也不會用這種方式來形容啦，我又不是生活在兩千五百多年前的印度，而且我不過就是個死了的人而已。」

「那麼你看見真實了？」

「嗯，這樣說還差不多，但不論我看見什麼了，反正對你來說也一點都不重要。對你來說，重要的就只有你自己看見什麼了而已。」

「而真實看起來就像──大圓鏡？」

「是啊，真實不但看起來像大圓鏡，而且聽起來、聞起來、吃起來、摸起來，不管怎麼想也都像大圓鏡。在核心概念──也就是你之所以為你的本質──完全粉碎之後，真實便不再被謊言掩蓋，於是覺知自然就能夠直接見到自身了。」

「那為什麼這看起來會像是在照大圓鏡呢？」

「因為你在夢境的世界裡看東西時都是從核心概念的角度在往外看的，即使照著鏡子，核心概念也還是在往外看，你只會覺得是你在覺知而已。可是當核心概念完全粉碎之後，就沒有什麼東西能夠再往外看了。也就是說，每一個覺知在生起時都只是看見了它自己，就像是在照大圓鏡一樣。這才是真正的照鏡子，一個接著一個的覺知就在大圓鏡裡不斷地生起滅去。」

「啊，這是不是就是所謂的大圓鏡智呢？」戴德門露出恍然大悟的表情。

「這麼說吧，大圓鏡智這個詞就跟出三界一樣用得並不是很恰當，因為所謂的智慧也仍然是一種認知，但如實顯現的真實卻不是那個認知，而是認知所無法涵蓋的覺知。覺知將所有的認知涵蓋在內，但沒有任何一個認知能夠將覺知涵蓋在內，所有的認知都只是依附著覺知在不斷地生起滅去。」我耐心地向他解釋，「當覺知直接見到自身，它就是直接看見了而已，那並不是一種什麼智慧。」

「你的意思是，經由認知所看見的世界跟經由覺知所看見的世界並不相同嘍？」他若有所思地說。

「當然了，夢境與真實又豈會相同。閉著眼睛想像出來的大象跟張開眼睛看見的大象會一樣嗎？」我反問他，「覺知可是無所不知的，難道你也行？」

「我當然不能夠無所不知啊，但覺知真的是無所不知的嗎？」他懷疑地說。

「覺知不但無所不知，而且它還無所不能、無所不在呢，這三者正是覺知的固有特性。」我回答，「覺知就是存在的前提與全部，它只會是無所不在；存在中的所有事物沒有任何一樣可以不依附著覺知而能夠獨立生起，它只會是無所不能；而既然所有的認知都是在覺知中生起的，那它理所當然是無所不知啊。」

「誒，真的是這樣子嗎？」他睜大眼睛。

「當然是這樣子，只要覺知直接見到自身，它自然就會見到自己這三種固有特性了，」我回答，「這就是真實。」

「而這些都是可以直接看見的？」他還是半信半疑。

「是啊，真實就是隨時隨地都與你直接面對面的東西，所以它也只能是直接看見的而已。」我回答。

「可是我卻沒有看見如你所說般的真實啊，難道這就意味著我正被謊言蒙蔽著？」他不服氣地說。

「你若不是正被謊言蒙蔽著，你又哪來這些個疑惑呢？」我說，「如果真實已經如實地被看見，你的所有疑惑早就全部煙消雲散了。」

「所有疑惑？」他屏氣凝神看著我。

「當然，一旦真實的原貌已經如實顯現，你又哪來任何的疑惑呢？真實可是隨時隨地都與你直接面對面的──一切時、一切處，真實就只是真實而已。」我回答，「只要你張開眼睛看見了，你自然不會再有任何疑惑。」

「唉，說了半天，問題還是出在我自己身上。」他嘆了一口氣。

「解鈴還須繫鈴人，難不成有人能夠替你從夢境中醒過來？」我笑著說。

「簡單講，在我如實見到真實之前，我得先把所有的謊言一個個吐出來，對嗎？」他表情嚴肅地問道。

「沒錯，因為真實就只能是全然的真實，它如果不是全然真實的，它就是不真實的。」我也一臉認真地回答。

「而這條清除謊言的道路是起始於對謊言的過敏反應？」他接著問道。

「正是如此。」我回答。

「但弔詭的是，我竟然無法用自己的意願決定是否走上這條路？」他滿腹疑問地說。

「是的，你既不能自願也無法勉強自己對不會過敏的事物產生過敏反應，對謊言的過敏反應要嘛是已經發生了，要嘛就是還沒發生。你無法決定它會在什麼時候發生，但只要它具足了一切所需的條件，它自然就會發生了。」我聳聳肩，「你無法讓它提前發生，也無法讓它延後發生，原因就在於權柄其實並不是掌握在你的手上。」

「是嗎？不然權柄又是掌握在誰的手上呢？」他顯然沒有聽懂我說過了的話。

「權柄其實一直都掌握在覺知手上啊，這才是真實原本的樣子。」我回答。

存在的運動定律

at 5:35PM

一時，佛住拘留搜調牛聚落。時，有異比丘來詣佛所，稽首禮足，退坐一面，白佛言：「世尊！謂緣起法為世尊作，為餘人作耶？」

佛告比丘：「緣起法者，非我所作，亦非餘人作。然彼如來出世及未出世，法界常住，彼如來自覺此法，成等正覺，為諸眾生分別演說，開發顯示。所謂此有故彼有，此起故彼起，謂緣無明行，乃至純大苦聚集，無明滅故行滅，乃至純大苦聚滅。」

——雜阿含經 12:299

「權柄其實一直都掌握在覺知手上？」戴德門一臉懷疑。

「是啊，你以為你的生命當真是掌握在你自己的手上嗎？」我再次露出左手臂上被香菸燙過的傷疤在他眼前晃一晃，「你要不要像我一樣做個小實驗，看看你的手臂是不是真的是由你自己在控制的呢？」

「不——呃，不用了。」他趕緊揮手拒絕。

「你之所以會覺得你的手臂是由你自己在控制，只是因為核心概念在快速生滅的覺知中也交錯著生起的緣故，以至於這就好像是由一個你在控制著你的手臂。然而事實卻並非如此，而且有人也已經發現這個事實了。」我對他說。

「有人已經發現權柄其實並不是掌握在他自己的手上？」他好奇地看著我。

「沒錯。『阿爸！父啊！在你凡事都能；求你將這杯撤去。然而，不要從我的意思，只要從你的意思。』」我提醒他。

「啊，是耶穌發現的，」他拍了一下自己的腦袋，「認知對覺知臣服了，權柄是掌握在耶和華的手上。」

「答對了。」我微笑著點點頭。

「換句話說，耶和華—那自有永有的—其實也就是在形容覺知了？」他側著頭思考。

「正是如此，」我給他鼓鼓掌，「除了覺知以外，再也沒有其他任何東西能夠全知全能而且無所不在了。」

「不過耶穌為什麼要稱覺知為父呢？」他接著問道。

「因為他的確就是從覺知所生，而且也是覺知唯一的獨生子。」我回答，「雖然所有事物都是依附著覺知而生起，但世界是來自於覺知內容的概念化，唯獨核心概念是來自於覺知本身的概念化。神是照著自己的形象造人的，你忘了嗎？」

「喔──」他經過一陣沉思，「可是如果權柄一直都是在耶和華，也就是覺知手上，那這個權柄又是如何落實的呢？」

「問得好，但這個問題的答案其實也很簡單，因為本來就不可能有任何一件不應該發生的事卻發生了，也不可能有任何一件應該發生的事卻沒有發生，這就是真實──也就是覺知的權柄。」我回答，「當正確的時節來到，櫻花便會盛開。如果不是因為它開花的條件已經具足，它是不會開花的，而一旦它開了花，也就代表了它是非開花不可的。真實從來就不會犯錯。假使你與這個不可能犯錯的真實產生了衝突，那麼問題就只會是出在你自己身上而已。」

在上有權柄的，人人當順服他，因為沒有權柄不是出於 神的。凡掌權的都是 神所命的。所以，抗拒掌權的就是抗拒神的命；抗拒的必自取刑罰。

——羅馬書 13:1

「真實當真從來不會犯錯嗎？」他半信半疑地說。

「當然了，真實就只是真實而已，它又如何能夠犯下什麼錯呢？」我回答，「存在就是一種可以被稱為常無常的恆常運動狀態，而這種恆常運動的狀態是依照一定的規則在進行變化的。所謂『有因有緣世間集，有因有緣世間滅』指的正是這個變化的規則，而這個規則可以說就是存在的運動定律。」

「存在的運動定律？」他皺了皺眉頭。

「是啊，存在本來就是覺知的運動狀態——覺知的本身雖然恆常存在著，但覺知的內容卻是即生即滅，而且依照一定的運動定律在進行變化的。這就好像一種叫做牛頓擺的科學玩具一樣。」我向他解釋。

「牛頓擺？」

「嗯，就是由五顆相同質量的金屬球用各自的吊線排成一整串的科學玩具。」
「喔，是那個東西。」
「太好了，既然你也有見過這個玩具，那你知道如果我把最右邊第一顆球舉高再放開，那會發生什麼現象嗎？」
「最右邊第一顆球就會擺回原來的位置，然後撞上靜止中剩下的四顆球啊。接著最左邊第五顆球就會彈出去到相當於第一顆球被舉起時的高度，再擺回來撞上靜止中的前四顆球，如此不斷地反覆循環。」
「沒錯，就是這樣。」
「這個科學玩具應該是用來展現能量在運動中是如何轉換的吧。」
「對啊，當我把第一顆球舉高時，就是在將我身上的部分能量轉換成第一顆球的位能。而當我放開手時，這個位能又會轉換成它的動能。於是動能使得第一顆球開始往下墜，並且在撞上了靜止中的球時將動能依序傳給第二顆球、第三顆球、第四顆球，最後再傳給第五顆球。這個動能在將第五顆球彈出去的同時又會開始逐漸轉換成它的位能，直到第五顆球擺到相當於第一顆球被舉起時的高度為止。接著第五顆球就會掉頭重複第一顆球的運動方式了。」

「我知道，這是能量守恆定律。所以咧？」他問道。

「所以這每一顆球的運動方式都是合情合理的，沒錯吧？」我反問他，「有沒有哪一顆球是不應該這麼運動卻這麼運動，或者應該這麼運動卻沒有這麼運動的嗎？」

「這自然是不可能。」他回答。

「沒錯，真實就只是真實而已，一旦它發生了，它就必然是具足了一切所需的條件之後才會發生的。」我說，「接下來，假如在這個牛頓擺反覆來回運動時，我拿一本書遮住你右半邊的視線，使你看不見第一顆到第三顆的金屬球。那麼從你的眼裡看來，這個牛頓擺的運動方式又會變成什麼樣子呢？」

「喔，」他考慮了一會兒，「在這種情況下，我等於是只能看到第四顆球以及第五顆球了，而且第四顆球還從頭到尾都不會動。我想這看起來應該會像第五顆球每隔一段時間就自己彈起來，然後再擺回去一樣。」

「好，那麼請問這個每隔一段時間就自己彈起來的第五顆球，難道是無緣無故就能夠自己彈起來嗎？」我說。

「它當然不可能無緣無故就自己彈起來啊。」他不假思索地回答。

「說得好，這正是存在的運動定律，沒有任何事物——不論是物質的或非物質的——能夠自己無緣無故生起。任何事物一旦生起，自然就代表它已經具足了一切所需的條件，而既然它已經具足了一切所需的條件，它也就無法不生起。」我拍拍他的肩膀，「當耶和華將耶穌的十字架準備好了時，耶穌就是只能乖乖地走上十字架而已。你以為你的生命當真是掌握在你自己的手上嗎？並不是喔，你只是那個不可能自己無緣無故彈起來的第五顆球，而這個事實耶穌也早已知道了。」

彼得就拉著他，勸他說：「主啊，萬不可如此！這事必不臨到你身上。」

耶穌轉過來，對彼得說：「撒但，退我後邊去吧！你是絆我腳的；因為你不體貼神的意思，只體貼人的意思。」

—馬太福音 16:22

「我是那個第五顆球？」他訝異地說。

「是啊，不然你以為你是自己彈起來的嗎？」我笑著說。

「我—呃，彈起來？」他一臉莫名其妙。

「嗯，當我打你右臉一巴掌時，你不是馬上就氣得跳了起來嗎？如果我沒有打你一巴掌，你會有這種反應嗎？」我問他。

「當然不會吧。如果不是因為你打了我一巴掌，我幹嘛要無緣無故生氣啊。」他回答。

「沒錯，如果第四顆球沒有將動能傳給第五顆球，那第五顆球又怎麼可能會自己無緣無故彈起來呢？我就是那個第四顆球啊。」我說，「問題是，由第四顆球傳給第五顆球的動能難道就能夠是自己憑空出現的嗎？」

「喔，這個——」他一時語塞。

「不能，對不對？」我看著他說。

「呃，應該是不能。」他洩了一口氣。

「正是如此，沒有因，何來果？每個因都只是前面因的果，而每個果也都會成為後面果的因。」我說，「覺知就是依照這個規則在生滅的，沒有任何事物能夠違背這個存在的運動定律。」

諸法從因生，諸法從因滅，
如是滅與生，沙門說如是。

——緣起偈／法身偈

覺知的內容

at 5:45PM

既沒有離開了「觀察者」而能夠獨立存在的「被觀察者」，
也沒有離開了「被觀察者」而能夠獨立存在的「觀察者」。

所謂的存在──
就是只有「覺知的內容」在不斷改變而已。

──死者如是說

「沒有任何事物能夠違背這個存在的運動定律？」戴德門表情嚴肅地再問一次。

「當然了，這就是真實的權柄。」我回答，「只要你親眼看見了覺知的運動方式，你自然就會明白了。」

「這就是真實的權柄？」他半信半疑地說。

「是啊。」我回答。

「那難不成──耶和華是這樣子創造出世界的？」他若有所思地說。

「沒錯，耶和華就是這樣子創造出世界還有你。」我回答。

「可是佛陀卻又說世間是緣起緣滅的？」他直直盯著我。

「這兩種不一樣的形容方式本來就是指同一個意思啊。一般人之所以會誤認為這是兩種截然不同的意義，只是因為他們從未自己張開眼睛確認真實的原貌。」我對他說，「記得瞎子摸象的故事吧？你原本以為佛陀跟耶穌是在傳達兩種完全不同的東西，但只要有一天你自己張開眼睛看見真實了，你自然就會發現他們兩人其實一直以來都只是在形容同一隻大象。」

「然而不論用上何種形容方式，總之就是沒有任何事物能夠違背這個存在的運動定律，是嗎？」他說。

「正是如此，」我回答，「快速生滅的覺知就像一部無法暫停播放的電影，一幀幀畫面不斷地生起滅去，只要其中一個畫面滅去了，就一定代表著另外一個畫面生起了，這從無例外。當一件事物具足了一切所需的因之後，它就會在覺知中以『前面因』的『果』生起，進而成為『後面果』的『因』，並改變原有的因果結構。於是新的果就會一個個接續著生起，就如同牛頓擺一樣。每個在覺知中生起的事物就好比是在一張空白的電影底片上浮現出一幀畫面，然後下一幀畫面及再下一幀畫面又依序著生起，存在就是這樣一種覺知的運動狀態。」

「而這種覺知的運動狀態看起來就像是──呃，一部無法暫停播放的電影？」他皺了皺眉頭。

「是啊，但差別是在於，電影裡每一幀生起的畫面除了同步音軌之外，就只是視覺性的而已，然而覺知裡每一幀生起的畫面除了視覺性的以外，也還有許許多多不同的種類。」

我簡單地解釋了一下。

「哦，覺知還有分種類的嗎？」他好奇地問。

「嗯，覺知就是存在的前提與全部，它既是一，也是一切，因此它原本是沒有什麼好再分類的。可是也正因為覺知龐大到涵蓋了存在的全部，所以將這個如此龐大複雜的內容再做些分類也不失為一種便於理解的方式。」我說，「不過，所謂的分類也只是針對覺知的內容而言，覺知的本身則是無法做任何分類的。因為覺知的本身就只是永恆的空無一物而已，所以這自然是沒有什麼可以再分類的。」

「喔，那覺知的內容還可以怎麼樣分類呢？」他接著問道。

「舉例來說，光是比較簡單的分類法就有：身、心二分類法，欲界、色界、無色界三分類法，色、受、想、行、識五分類法，眼、耳、鼻、舌、身、意六分類法。」我回答，「比如當我說電影裡每一幀生起的畫面就只是視覺性的時，說的就是六分類法中的眼識。」

「眼識、耳識、鼻識、舌識、身識、意識這六識嗎？」他說，「這就算是覺知內容的一種分類法了？」

「是啊，這就是覺知內容的一種六分類法。換句話說，如果我們打算用六分類法的方式理解這個龐大複雜的覺知內容，那麼存在中的一切事物就一定可以被歸屬到這六類中的其中一類裡。」我回答。

「咦，是這樣嗎？一切事物都可以被歸屬到這六類中的其中一類裡？」他驚訝地說，「完全沒有任何例外嗎？」

「完全沒有例外喔，只要你是用六分類法的方式理解這個龐大複雜的覺知內容，那麼一切事物就當然可以被歸屬到這六類中的其中一類裡啊。不然你告訴我，除了你可以看得見、聽得到、聞得到、吃得出來、摸得出來，甚至是只要能在心中感受得到或想像得出來的東西以外，存在中還能夠有什麼其他的事物嗎？」我反問他。

「你的意思是說，除了這六種覺知可以感受到的事物以外？」他問道。

「沒錯。」我回答。

「呃，」他側著頭思考，「如果只是要問我可以覺知到的事物，那大概就是這六種沒錯了。可是在我覺知不到的地方總還會有什麼其他的存在吧？」

「沒有喔。」我搖搖頭。

「沒有？沒有什麼？」他疑惑地看著我。

「沒有什麼其他的存在啊，」我說，「覺知就是存在的前提與全部了，哪裡還有什麼覺知不到的其他存在呢？」

「這怎麼可能，總不會在我覺知不到的地方就完全沒有任何其他的存在了吧？」他大聲反駁。

「就是沒有喔，」我再說一次，「沒有覺知也就沒有任何一個存在，而不存在並不存在。你或許以為自己是個擁有覺知的觀察者，而你所覺知到的事物則是被觀察者，但事實並非如此，因為是你在覺知中生起了，而非覺知在你之中生起了。觀察者與被觀察者都一樣只是一種覺知的內容而已，離開了覺知而能獨立存在的觀察者或被觀察者從來就不曾存在。」

「離開了覺知而能獨立存在的觀察者或被觀察者從來就不曾存在？」他睜大眼睛。

「是啊。」我回答。

「這怎麼可能！」他不可置信地說。

「真實就是這個樣子的，哪有什麼可能不可能。」我打開我的背包，從裡面拿出一顆蘋果來，「比如這顆蘋果好了，請問它是什麼顏色的呢？」

「這顆蘋果？」他一臉不解，「就紅色的啊。」

「是嗎？」我挑戰似地看著他，「不過這顆蘋果也同時有可能是黃綠色的、灰色的，又或者是其他更多種不同的顏色喔。」

「你在睜眼說瞎話，它明明就是紅色的，難道你有色盲嗎？」他對我說的話嗤之以鼻。

「哈哈，你說對了，從色盲的人眼中看起來，這顆蘋果就是百分之百黃綠色的喔。」我笑著回答。

「哼，但那只是色盲而已啊。」他不服氣。

「好，那麼假使有一天全世界的人都成了色盲，只有你一個人不是，你還會說那只是色盲而已嗎？」我問他。

「喔——」他支支吾吾，「那灰色又是怎麼一回事？」

「紅綠色盲的人會將紅蘋果看成青蘋果，而全色盲的人則是會把它看成灰蘋果啊。」我回答，「所以你可以告訴我，獨立存在的這顆蘋果到底是什麼顏色的嗎？」

「這——」他漲紅了臉。

「離開了覺知的存在到底是個什麼東西呢？」我再問他。

「呃——」他緊緊蹙起眉頭。

「其實這個問題愛因斯坦與波耳也早就爭論過了啦。」我說。

「愛因斯坦與波耳？」他吃了一驚，「難不成這是個物理學的問題嗎？」

「不，這就是真實與不真實的問題而已，所有的科學問題研究到了最後也一樣逃不開這個真實與不真實的問題。」我回答。

「那愛因斯坦與波耳是在爭論什麼呢？」

「就月亮啊。」

「月亮？」

「嗯，愛因斯坦對波耳說：『難道你真的相信，當沒有人在看月亮的時候，月亮就不存在了嗎？』」

「喔。」

「這是愛因斯坦對波耳提出的質問，而愛因斯坦之所以如此質問，是由於波耳在量子力學上的某些主張實在令他難以接受。」

「量子力學？」

「簡單講，微觀的量子力學發現，觀察者在對被觀察者進行觀察的同時就不可避免地會對被觀察者造成攪擾。因此，量子力學主張觀察者與被觀察者之間的交互作用既無法避免，也不能被忽略。而這就產生了量子力學中所謂的不確定性原理—被觀察者的性質唯有置於相對應的觀察者條件之下才會有效，否則被觀察者的性質就是不確定性的。然而這樣的主張卻令愛因斯坦難以接受。」

愛因斯坦：「上帝是不會擲骰子的。」

波耳：「愛因斯坦，別再告訴上帝他應該要怎麼做了。」

「也就是說，為了駁斥量子力學的不確定性原理，愛因斯坦才會對波耳說：『難道你真的相信，當沒有人在看月亮的時候，月亮就不存在了嗎？』」

「沒錯，就是這樣。」

「所以在沒有人看月亮的時候，月亮到底是存在或不存在呢？」

「為了釐清這個問題，我們還是把『看』這件事先搞清楚一點吧。」

「看？」

「對，就是看。」

「看不就只是看嗎？這還需要再搞清楚什麼？」

「有喔，因為看並不是只有一種形式而已，如果我們是用六分類法來區分覺知的內容，那麼看就有可能是在其中的眼識或意識之中生起。」

「看—有可能是在眼識或意識之中生起？這什麼意思？」

「比如說，你有用你的眼睛親眼看見過月亮嗎？」

「當然有，這算哪門子的問題？」

「好，那麼請問月亮看起來是什麼樣子的呢？」

「就像一顆會發亮的圓球啊。」

「你可以再形容得更詳細一點嗎？這顆會發亮的圓球是什麼顏色的？」

「就有點像鎢絲燈泡的淡黃色。」

「嗯，所以你現在有正在用你的眼睛看著這顆月亮嗎？」

「咦，現在？」

「是啊，就是現在。所有真實的東西都只能在當下被找到——真實就是只能在當下發生而已，想要在不真實的地方尋找真實的答案無異是緣木求魚。你如果不是正在當下看著這顆月亮，你又如何能夠馬上回答我的問題呢？所以你現在到底有沒有正在看著這顆月亮呢？」

「呃，現在沒有吧，月亮在這個時間點根本就還沒有從天空中出現啊。」

「你的意思應該是，你現在沒有正在用你的眼睛看著這顆月亮吧。」

「沒有用眼睛？」

「嗯，你現在並沒有正在用你的眼睛看著這顆月亮，但你仍然可以馬上回答我關於月亮的提問，不是嗎？所以如果不是用眼睛，你現在是用什麼看到月亮的呢？」

「不是用眼睛？所以我現在——是意識嗎？」

「沒錯，月亮現在正在你的意識中生起呢，對不對？」

他不自覺地閉上眼睛，「這也是一種看？」

「是啊，視覺不只是可以在眼識中生起，也可以在意識中生起喔，否則你如何能夠記得住任何形象呢？」我回答。

「你的意思是說，所謂的看月亮除了有可能是用眼識在看，也有可能是用意識在看嘍？」他張開眼睛。

「正是如此，在月亮沒有從這兩種覺知中生起的時候，它自然就是完全不存在的了。因為如果我們是用六分類法來區分覺知的內容，月亮一般來說也不會從另外四種覺知中生起的。你不太可能聽得見月亮發出的聲音，也不太可能聞得到月亮發出的味道，你無法摸得到月亮表面的觸感，更遑論要吃出月亮的味道來。所以在月亮這種東西沒有以任何形式從覺知中生起的時候，它當然就是完全不存在的了。」我回答。

「在月亮沒有以任何形式從覺知中生起的時候，它就完全不存在了？」他驚呼一聲。

「當然啊，覺知就是存在的前提與全部了，沒有覺知也就沒有任何一個存在。」我回答。

「可是如果愛因斯坦對於月亮的質問並不成立，那難不成量子力學的不確定性原理才是對於真實的正確解釋嗎？被觀察者在觀察者缺席的情況下，其性質真的就是不確定性的了？」他問道。

「也不是，根本就沒有離開了觀察者而能夠獨立存在的被觀察者啊，所以又哪來什麼不確定性質的被觀察者了呢？」我回答。

「沒有離開了觀察者而能夠獨立存在的被觀察者？」他一陣目瞪口呆，「真的嗎？」

「嗯，這還是可以用這顆蘋果來解釋。」我把蘋果再度拿到他眼前。

「這顆蘋果？」

「是啊，如果用量子力學的方式來說明，當這顆蘋果完全沒有被觀察到的時候是處於一種不確定的波函數狀態，而一旦有觀察者出現，這個波函數就會立刻塌縮至某個相對應的確定狀態。比如當你這個觀察者出現時，這顆蘋果會塌縮成為一顆紅蘋果，但如果出現的是紅綠色盲或全色盲的觀察者，這顆蘋果又會分別塌縮成為一顆青蘋果或是灰蘋果。那麼這顆蘋果在撇除了觀察者這個因素之後，到底是一顆紅蘋果、青蘋果還是灰蘋果呢？量子力學將這樣一顆撇除了觀察者這個因素之後的蘋果稱為紅蘋果、青蘋果、灰蘋果以及其他更多不同種類蘋果的疊加態，唯有某個觀察者出現了時，其相對應的確定狀態才會跟著出現。所以量子力學主張的這種觀點，你是不是大概有個認識了呢？」

「嗯，而愛因斯坦並不同意這種觀點？」

「是啊，所以他才會說：『上帝是不會擲骰子的。』」

「上帝是不會擲骰子的？」

「對啊，如果造物者在造物時並不能給被造物一個確定的狀態，那豈不等於是在擲骰子了嗎？」

「喔，那麼上帝到底會不會，呃──」

「到底會不會擲骰子嗎？」

「嗯。」

「當正確的時節來到，櫻花便會盛開。如果不是因為它開花的條件已經具足，它是不會開花的，而一旦它開了花，也就代表了它是非開花不可的，真實從來就不會犯錯。所以你覺得呢？」

「沒有任何事物能夠違背存在的運動定律，對嗎？」

「沒錯，就算上帝當真擲了骰子，骰子也只會出現上帝想要的點數而已。」

「那麼量子力學的不確定性原理又是怎麼一回事？確實沒人知道這顆蘋果在完全沒有被觀察到的時候是什麼顏色的啊。」

「當然沒人知道這顆蘋果在完全沒有被觀察到的時候是什麼顏色，但這並不是因為它在這種情況下的性質是不確定性的，而是因為這種情況本來就不可能存在。」

並沒有離開了覺知而能獨立存在的存在。

任何事物如果沒有在覺知中生起，
它就是不存在的；
而一旦它在覺知中生起了，
它也就是百分之百確定的存在。

沒有覺知也就沒有任何一個存在，
而不存在並不存在。

——死者如是說

「這種情況本來就不可能存在？」他露出懷疑的表情。

「是啊，覺知就是存在的前提與全部了，並沒有離開了覺知而能獨立存在的存在。只有覺知處在一種看不見自己的沈睡狀態時，它才會誤認為除了自己以外，還有著什麼其他的存在。」我回答。

「沒有離開了覺知而能獨立存在的存在？真的嗎？可是即使這顆蘋果當下並沒有在我的覺知中生起，它還是有可能正在你的覺知中生起吧，對不對？那這不就代表了雖然我沒有覺知到這顆蘋果的存在，但這顆蘋果也仍然存在著嗎？」他義正辭嚴地說。

「不是喔，如果這顆蘋果沒有在你的覺知中生起，那麼它自然就是不存在了，這跟我的覺知裡是不是有顆蘋果完全無關。」我說，「我們又不是生活在同一個世界裡，我和你看見的蘋果本來就不是同一顆啊。」

「你和我看見的蘋果不是同一顆？」他訝異地說。

「嗯，雖然看起來或許會很像，但我和你看見的蘋果並不是同一顆啊，不然你知道我眼中看見的蘋果是什麼顏色的嗎？」我反問他。

「你眼中看見的蘋果——」他試探性地問道，「難道真的不是紅色的？」

「你不可能真正知道我眼中看見的蘋果具體上是什麼顏色的，沒錯吧？」我說，「即便我告訴你我看見的蘋果就是紅色的，但我眼中的紅色與你眼中的紅色也不會是同一個紅色，這就猶如沒有任何兩個人會有百分之百完全相同的指紋一樣。」

「那這不正顯示出這顆蘋果的性質的確就如量子力學所說是不確定性的了嗎？」他不解地問道。

「剛好相反，」我回答，「正因為這顆蘋果的性質是百分之百確定的，所以我和你才會看見兩顆不一樣的蘋果。」

「這是為什麼呢？」他還是不懂。

「因為我的因果條件和你並不相同啊。」我回答，「造物者並不會給被造物一個不確定的狀態，什麼因就一定會有什麼果，而既然我和你的因不可能完全相同，那麼我和你的果就當然不可能完全相同—如人飲水，冷暖自知。」

「因為因果條件的不同，我們看見了兩顆不一樣的蘋果？」他倒吸一口氣。

「沒錯，而且還有兩顆不一樣的月亮。」我微笑著點點頭。

「我們當真不是生活在同一個世界裡？」他不死心地再問一次。

「不是啊，每個覺知就是一個世界，我只能活在我的世界，而你也只能活在你的世界裡。在我的世界裡，你是我的投影；可是在你的世界裡，我才是你的投影。雖然你大概不是這麼認為，但真實中的世界就是如此互相干涉的各自存在。只要覺知直接見到自身，它自然就會全部明白了。」我說。

覺知的分類

at 6:05PM

「每個覺知就是一個世界？不會吧，一個覺知是能夠涵蓋多大的範圍啊？」戴德門皺著眉頭問道。

「一個覺知就涵蓋了一切的範圍，」我回答，「覺知就是存在的前提與全部，它涵蓋了所有物質類或非物質類的東西。沒有覺知，也就沒有任何一個不管是物質類或非物質類的存在。」

「覺知涵蓋了所有物質類或非物質類的東西？」他半信半疑地說。

「是啊，這就是覺知內容的一種二分類法。」我回答。

「就像眼、耳、鼻、舌、身、意的六分類法？」他問道。

「沒錯，我們可以把一顆完整的西瓜切成六等分，也可以把它切成二等分，但不論是六等分或二等分，把它們拼回來後都是同樣一顆完整的西瓜。」我回答。

「那這兩種分類法有什麼差別嗎？」他好奇地看著我。

「首先，如果用六分類法的角度來看，眼、耳、鼻、舌、身、意的其中前面五個分類，也就是眼識、耳識、鼻識、舌識、身識這五識，都是屬於物質類的覺知。而六分類法中的最後一個，也就是意識，則可能是物質類或非物質類的覺知。」我向他解釋，「倒過來說的話，物質類的覺知能夠在六識中的任何一識生起，而非物質類的覺知則只能在六識中的第六識生起。這就是六分類法跟二分類法的差別與彼此的相互關係。」

「物質類的覺知能夠在六識中的任何一識生起？」他側著頭思考。

「嗯，視覺、聽覺、嗅覺、味覺、觸覺等五種物質類的覺知能夠在前五識中生起，這大概不會有什麼人懷疑，不過這五種物質類的覺知也一樣能夠在第六識中生起。」我對他說。

「你的意思是—在意識中生起的物質類覺知？」

「沒錯，記得你是怎麼閉著眼睛看月亮的嗎？」

「啊，那是在意識中生起的視覺。」

「正是如此，而且不只視覺，每一種物質類的覺知都一樣可以在意識中生起。你有聽說過什麼叫做千里眼與順風耳吧？」

「千里眼與順風耳？」

「對。」

「那不就只是一種傳說中的民間故事嗎？」

「雖然千里眼與順風耳只是一種傳說中的民間故事，但所謂的傳說故事本來就是用各種真實的素材再重新揉捏而成，夢境也是得從真實中取材才能夠生起。你的視覺與聽覺本來就沒有受到時間、空間的限制，只不過這種視覺與聽覺並不是在眼識、耳識中生起，而是在意識中生起的而已。」

「就像閉著眼睛看月亮？」

「沒錯，當你閉著眼睛仔細聆聽音響中傳來的鋼琴演奏時，你也會在意識中同時看見一雙靈動的巧手正在黑白鍵間快速移動，對不對？」

「喔，這也是在意識中生起的視覺嗎？」

「嗯，當你在一間寂靜無聲的藝廊裡專心欣賞一幅描繪尼加拉瓜大瀑布的畫作時，你也會在意識中同時聽見氣勢磅礡的水瀑聲，對不對？」

「所以這就是在意識中生起的聽覺了？」

「是啊，這就是六根互用，一根現而六根現。可是在你的日常生活裡，意識中生起的物質類覺知通常都是很模糊的，這是因為當物質類的覺知在前五識與第六識中緊挨著交錯生起時，在前五識中生起的覺知幾乎都會由於強度更強而奪走大部分的注意力。好比你在震耳欲聾的音樂聲中，就很難聽得清楚隔壁的人在講什麼悄悄話一樣。除非在某一段時間內，前五識的覺知暫時不生起了，那麼在第六識中生起的覺知才會有機會因此而變得清晰。」

「在某一段時間內，前五識的覺知暫時不生起了？」

「沒錯，在這種情況下，第六識的覺知就會取得全部的注意力。」

「所以這種情況在什麼時候會發生呢？」

「猜猜看啊，你覺得在什麼時候你的眼、耳、鼻、舌、身會暫時關閉呢？」

「呃——」他考慮了一會兒，「在我熟睡了之後？」

「哈哈，在你熟睡了之後，前五識的覺知也的確不會再像清醒時那麼強烈，可是在這種狀態下，意識同樣是昏沉的，所以你做的夢也仍然會模糊不清。」我笑著說，「只有在清醒而前五識的覺知也暫時不生起的狀態下，第六識的覺知才會明亮而清晰。」

「清醒而前五識的覺知也暫時不生起的狀態？」他愣了一下。

「嗯，佛陀當初義無反顧拋下一切去尋找解脫煩惱的辦法時，就是先學會如何才能夠達到這種狀態的。」我提醒他。

「啊，是禪定。」他大叫一聲。

「沒錯，是禪定。」我回答，「當身心因為禪定而逐漸進入休息狀態，前五識的覺知就會率先暫時停止生起，於是第六識的覺知在獲得了全部的注意力之後自然會變得明亮而清晰。由於在這種狀態下，意識中生起的物質類覺知感覺就像在前五識中生起般地清晰，所以這才又被稱為色界定。」

「但你不是說，會在意識中生起的覺知除了物質類的以外，也還有非物質類的嗎？」他面帶疑惑。

「是啊，像是感受、思惟等等非物質類的覺知不論在平時或在色界定中，都一樣會與物質類的覺知交錯著生起。可是因為非物質類的覺知並沒有任何具體的形象，所以物質類的覺知通常還是會占據大部分的注意力。除非在某一段時間內，物質類的覺知完全不生起了，那麼非物質類的覺知才會因此獲得所有注意，而這就被稱為無色界定。」我回答。

「這就是─禪定了？」他問道。

「嗯，禪定就是暫時地安住在某些覺知內容上，」我回答，「而欲界、色界、無色界這三界只是覺知內容的一種三分類法而已。」

「就像物質類與非物質類的二分類法，或眼、耳、鼻、舌、身、意的六分類法？」他接著問道。

「沒錯，就是這樣。」我回答，「人們總是試圖在各種不同的覺知內容中找到自己究竟是誰，所以這才產生了許多彼此各異的主張與紛爭。」

「彼此各異的主張與紛爭？」他露出不解的表情。

「是啊，比如唯物論與唯心論的紛爭吧，你知道這兩者的主張各是什麼嗎？」我問他。

「呃，唯物論者相信世界純粹由物質構成，而所有存在的現象都是來自於物質之間的交互作用，包括身為一個人的意識也是。意識不過就是人腦中的物質反應而已。」他回答。

「嗯，那麼唯心論呢？」我再問他。

「就我所知，唯心論應該算是與唯物論正好完全相反的主張。」他回答，「唯心論者相信人並非是一種純粹的物質現象，而是擁有靈性的生命。物質現象只是由心靈活動所衍生出的感知罷了。」

「還不錯，這差不多就是對唯物論與唯心論最簡明扼要的解釋了。但你自己呢？對於這兩種完全不同的主張，你又是如何看待的？」我拍拍他的肩膀，「你是傾向於唯物論、唯心論或其他任何主張呢？」

「喔，如果說我是由純粹的物質所構成，而我的喜怒哀樂、理性與感性都只是一種物質現象，那我豈非等同於一具沒有靈魂的行屍走肉了嗎？這種真實也實在太令人難以下嚥。」他說，「可是反過來想，如果我其實是獨立於物質之外一種靈性的存在，那麼我的靈魂又何以會被限制在這付軀殼之內呢？」

「聽起來也似乎有點道理，」我微笑看著他，「所以你的見解到底是？」

「唉，這個問題有這麼容易回答嗎？」他嘆了一口氣，「對大部分的人來說，這大概就是終其一生也找不到答案的問題啊。」

「正因為這樣，你只好持續不斷地用各種範圍界定來試圖找到自己究竟是誰，對不對？」我問道。

「你是說，我這種尋找自我的方式只不過是一種範圍界定？」他睜大眼睛。

「難道不是？」我反問他，「若非你把你範圍界定內的物質類覺知認知為你的肉體了，再把你範圍界定內的非物質類覺知認知為你的靈魂了，你又如何能夠存在呢？」

「咦，我真的有這麼做嗎？」他一臉難以置信。

「有喔，而且你也不得不這麼做，因為範圍界定內如果沒有任何東西，核心概念就完全產生不出自我的存在感。而當核心概念因失去自我的存在感而最終灰飛煙滅時，你就真正的死亡了。但你現在明明就還存活著，不是嗎？」我說。

「所以是因為我持續不斷在做著範圍界定，我才存活著的？」他訝異地張大嘴。

「沒錯，謊言要是失去了所有藉口，它又如何能夠經得起真實的檢驗呢？核心概念若不是利用了範圍界定來定義出自身的存在，它根本就無法將自己成功形塑出來啊。」我回答，「你就是這樣子將自己困在謊言的輪迴之中，因此出脫無期的。」

核心概念因無明而出生。

「空」被誤認成了「有」，

於是這個「假的有」再利用用各種範圍界定來試圖找到自己究竟是誰。

佛陀將這樣子的範圍界定稱為「執著」。

「執著」就是核心概念為了將自己形塑出來所進行的抓取，

而這個抓取又可再細分為「我執」以及「我所執」。

「我執」就是對於「我是什麼」的範圍界定，

而「我所執」則是對於「什麼是我的」的範圍界定。

唯物論者將範圍界定內的物質類覺知認知為「我」，
再將範圍界定內的非物質類覺知認知為「我所」。

與之相反——
唯心論者將範圍界定內的非物質類覺知認知為「我」，
再將範圍界定內的物質類覺知認知為「我所」。

可是不論認知採取何種立場，
戲論終究還是戲論，
謊言永遠也不可能變成真正的真實。

——死者如是說

常無常

at 6:15PM

「我利用了範圍界定來定義出自身的存在？」戴德門表情茫然地說。

「是啊，核心概念為了將自己成功形塑出來就必須從覺知中抓取材料，而你會以何種方式存在就端視是什麼材料被抓取到範圍界定之內了。當核心概念用了某種類別的覺知來定義自身時，它自然就會成為那種類別的存在。」我向他解釋，「這也就是為什麼三界會被拿來作為一種對於眾生的分類方式，因為三界本來就是覺知內容的一種三分類法。」

「也就是說，如果我用了－呃，在前五識中生起的物質類覺知來定義自身，我就會成為一種欲界中的存在了？」他沒有把握地說。

「沒錯，」我豎起大拇指，「但相對的，如果你是用在意識中生起的物質類覺知來定義自身，你便會成為一種色界中的存在，而如果你是用在意識中生起的非物質類覺知來定義自身，你又會成為一種無色界中的存在。」

「那麼我究竟算是什麼樣子的存在呢？」他又開始習慣性地抓取。

「這你得捫心自問核心概念對於自身是如何定義的啊，」我笑著對他說，「不過核心概念對於自身的定義方式本來就是不斷在改變的，你反正就只是一直在三界中不停流轉而已，所以這個問題其實也沒有什麼真實的意義。」

「核心概念對於自身的定義方式本來就是不斷在改變的？」他半信半疑。

「當然啊，不然你可以現在就明白地告訴我，你究竟是誰了嗎？」我反問他，「你是那個正在父母細心呵護下慢慢長大的戴小弟弟，還是那個對公平正義充滿了理想的戴檢察官，或是那個初為人父的戴爸爸呢？到底哪一個才是真正的你？」

「這個——」他支支吾吾。

「由於因果結構持續在進行重組的緣故，你對於『你是什麼』以及『什麼是你的』的認定方式當然也就不得不跟著一起改變。」我說，「就好像你原本認定自己理所當然是一個四肢健全的人，可是在我大刀一揮把你的左手臂給砍下來之後，不論你喜不喜歡，你也不得不接受自己從此將要成為一個獨臂的人了，對不對？」

「喔。」他一時語塞。

「核心概念對於自身的定義方式之所以會不斷改變，是因為覺知具有即生即滅卻又永遠都在的特性，因此看起來就會如同有一個連續存在的覺知本身在承載著這所有的覺知內容。然而覺知本身其實是沒有任何實體的，勉強要說的話，它頂多只能算是覺知生起時的背景而已——一個其實並沒有任何實體的背景，於是這個沒有任何實體的背景只好利用用各種範圍界定來試圖找到自己究竟是誰。」我再耐心地解釋一遍，「簡單講，覺知的內容是『有』，而覺知的本身則是『空』，『空』與『有』雖然不是兩種東西，但也不是同樣一種東西，『空』是『有』的背景，而『有』則是『空』的顯現。空就是無我，而有則是無常——這就是常無常。」

「空」是「無我」，

「有」是「無常」。

「無我」是「無常」的背景，

「無常」是「無我」的顯現。

背景是常，顯現是無常。

存在就是這樣一種「常無常」的恆常運動狀態。

—死者如是說

「空就是無我，而有則是無常？」他皺著眉頭問道。

「是啊，這就是常無常。」我回答，「只要有一天你了解了無我真正的意思，你也就自然會了解無常真正的意思。」

「當我了解了無我真正的意思，我就會了解無常真正的意思？」他疑惑地看著我。

「是的。」我回答。

「可是無常又不是什麼多特別的概念，這不是再稀鬆平常不過了嗎？有什麼是我不了解的啊？」他不解地說。

「無我也一樣不是什麼多特別的概念，所以既然你已經聽過了無數次無我的概念，你現在有了解無我真正的意思了嗎？」我反問他。

「喔，這個——」他愣住了。

「你仍然有疑惑，對不對？」我說，「你沒有辦法只是聽過無數次無我的概念就能了解無我真正的意思，因為無我就是在形容死亡後的存在狀態，而既然你未曾親身經歷真正的死亡，你又如何了解什麼叫做死亡後的存在狀態呢？沒有任何一個『我』能夠真正了解『無我』到底是什麼意思。如果你從來沒有吃過西瓜，你難道能夠只憑想像就真正了解什麼叫做西瓜的甜了嗎？」

「唉，這自然是不可能。」他嘆了一口氣。

「沒錯，」我拍拍他的肩膀，「同樣的，你也沒有辦法只是聽過無數次無常的概念就能了解無常真正的意思。事實上，正是因為你沒有如實看見無常的原貌，你才出生了的。」

> 爾時世尊告諸比丘：「當勤方便禪思，內寂其心。所以者何？比丘！方便禪思，內寂其心，如是如實知顯現。於何如實知顯現？於眼如實知顯現；若色、眼識、眼觸、眼觸因緣生受，若苦、若樂、不苦不樂，彼亦如實知顯現。耳、鼻、舌、

身、意，亦復如是。此諸法無常、有為，亦如是如實知顯現。」

——雜阿含經 8:206

「因為我沒有如實看見無常的原貌，我才出生了的？」他訝異地說。

「是啊，這就是無明──也就是沒有看見。」我回答。

「那麼這個原貌看起來到底是什麼樣子的？」他喃喃自語。

「你得自己張開眼睛來看啊，」我笑著回答，「當你如實看見了無常的原貌之後，你自然就會找到在無常中同時存在著的恆常，而這個恆常也就是正定。」

「無常中同時存在著恆常？這怎麼可能！」他吃了一驚。

「哪有什麼可能不可能，你不是想要知道真實看起來到底是什麼樣子嗎？真實看起來就是這個樣子的。」我說。

「為什麼？」他還是一臉難以置信，「無常中怎麼會同時存在著恆常了？」

「打個比方好了，快速生滅的覺知就像是以三百公里時速從你眼前呼嘯而過的子彈列車，不論用巨觀或微觀的角度來看，它都會呈現出一種無常變動的狀態。所以如果你試圖用你的肉身去停下這樣一輛子彈列車，那會發生什麼事呢？」我問他。

「應該會粉身碎骨吧。」他不假思索地回答。

「沒錯，然而這也正是一般人時時刻刻都在做的事，所以佛陀才會說無常是苦。」我附和道。

「只要我仍然深陷於謊言之中，我就會與真實不斷地產生衝突，是這個意思嗎？」他若有所思地說。

「對，就是這個意思。」我給他鼓鼓掌，「這輛無常的列車就是真實的列車，而你總是一次次地迎頭撞上它。」

「但我完全沒有可能將這輛列車停下來嗎？」他問道。

「嗯，完全沒有可能。」我給他肯定的回答。

「那麼既然我完全沒有可能將這輛列車停下來，無常中又何以會出現恆常了？」他提出質疑。

「雖然你沒有可能將這輛列車停下來，但你可以搭上這輛列車啊。」我回答，「只要你搭上這輛列車，你自然就不會再跟它對撞了。」

「搭上這輛列車？」他睜大眼睛，「這要怎麼做到啊？」

「你覺得呢？」我挑戰似地看著他，「你覺得要如何才能搭上這輛從你眼前呼嘯而過的子彈列車呢？」

「喔，如果我沒有辦法停下這輛車，卻又想要搭上這輛車，那我當然只好跑得跟它一樣快，然後再趕緊跳上車啊。」他沒好氣地說。

「答對了，就是這樣。」我豎起大拇指。

「什麼啦——」他翻了個白眼，「這真的有可能做到嗎？」

「當然有可能，不然你以為佛陀跟耶穌為什麼能夠親眼看見真實的原貌呢？就是因為他們已經跳上車了啊。」我說，「一旦所有的謊言全部滅去，不再被謊言束縛的你自然就能與真實用同樣的速度前進。你原本因為沒有與這輛真實的列車用同樣的速度前進，它才會從你眼前呼嘯而過。所以既然你的速度已經與它同步，這輛列車當然也就等於是完全靜止下來了，而這個靜止的狀態就被稱為正定。」

「正定是與真實同步了的意思？」他不由自主深深吸了一口氣。

「是啊，正定就是定在真實之中，而因為真實無時無刻不在，所以正定才會沒有出定的問題。」我回答。

「那麼禪定呢？」他說，「禪定不也是一種靜止的狀態嗎？這跟正定的靜止狀態又有什麼不同？」

「這兩者完全不同喔。首先，正定是恆常地安住在每一個覺知內容上，所以正定並沒有出定的問題，然而禪定只是暫時地安住在某些覺知內容上，所以禪定終究會出定，即便是滅盡定也一樣會出定。」我回答，「不過最重要的差別還是在於，正定是定在真實之中，但缺少正定的禪定卻仍然是定在夢境之中，因此佛陀當初在證得了各種禪定成就之後才沒能在其中找到真實。」

「可是如果禪定成就本身並無法讓人擺脫夢境的控制，那為什麼還是有許多人要前仆後繼地投入其中？」他問道。

「因為苦啊。」我回答。

「苦？」他皺了皺眉頭。

「嗯，若不是受到無常之苦的壓迫，人們又何必從禪定中試圖找到什麼解脫的方法呢？」我回答。

時，有異比丘獨一靜處禪思，念言：「世尊說三受─樂受、苦受、不苦不樂受，又說諸所有受悉皆是苦，此有何義？」是比丘作是念已，從禪起，往詣佛所，稽首禮足，退住一面，白佛言：「世尊！我於靜處禪思，念言：『世尊說三受─樂受、苦受、不苦不樂受，又說諸所有受悉皆是苦，此有何義？』」

佛告比丘：「我以一切行無常故，一切諸行變易法故，說諸所有受悉皆是苦。」

爾時，世尊即說偈言：

「知諸行無常，皆是變易法，

故說受悉苦，正覺之所知。

比丘勤方便，正智不傾動，
於諸一切受，黠慧能了知。
悉知諸受已，現法盡諸漏，
身死不墮數，永處般涅槃。」

——雜阿含經 17:473

「所以禪定對於解脫無常之苦到底有沒有幫助啊？」他接著問道。

「這麼說吧，當你正因為病痛而感到十分難受時，你覺得使用麻藥對你來說到底有沒有幫助呢？」我反問他。

「喔，」他考慮了一會兒，「如果麻藥確實能夠緩解由病痛所造成的苦，那倒不算是完全沒有幫助。可是話說回來，麻藥本身其實又不具有真正根除病痛的效果，若是從這個角度來看，麻藥卻是一點用處也沒有了。」

「正是如此。」我說。

「你的意思是——」他側著頭思考，「禪定就如同用來緩解無常之苦的麻藥嗎？」

「是啊，禪定就是定在三界中某一個境界的意思，而當你在三界中的其中一個境界吃到苦頭時，你本能自然會想要逃到另外一個境界去。」我回答。

「在三界中的其中一個境界吃到苦頭？難道苦頭也有分種類的嗎？」他好奇地問。

「當然了，就像覺知的內容可以分成許多不同的種類一樣，不同的覺知內容自然也會造成不同的苦。」我回答。

「哦？」他直直盯著我。

「比如佛陀說的八苦好了。」我隨便舉個例子。

「八苦？」

「嗯，也就是生苦、老苦、病苦、死苦、愛別離苦、怨憎會苦、求不得苦以及五陰熾盛苦。其中生老病死屬於物質類的苦，愛別離、怨憎會、求不得屬於非物質類的苦，而五陰熾盛則是用來泛指所有物質類與非物質類的苦，因為五陰正是覺知內容的一種五分類法。那麼你個人覺得在這八苦之中，是物質類的苦比較苦，還是非物質類的苦比較苦呢？」

「呃，這不一定的吧，不同情況所造成的苦要說哪一種苦比較苦呢？有時候也許是物質類的苦會讓人覺得比較苦，但有時候也可能是非物質類的苦會讓人覺得比較苦吧。」

「沒錯，所以當人們覺得物質類的苦比較苦時，通常就會因此傾向於成為一種非物質類的存在，而當人們覺得非物質類的苦比較苦時，卻又會反過來傾向於成為一種物質類的存在，於是人們就這樣在三界中不停流轉。」

「在三界中不停流轉，就為了逃避各種不同的苦？」他疑惑地說。

「是啊，你沒見過那種因為在精神上感到空虛苦悶而用縱情聲色來麻痺自己的人嗎？」我回答。

「喔，這是在逃避非物質類的苦了？」他說。

「嗯，相反的，你有沒有見過那種因為被傷病所苦而渴求心靈慰藉的人呢？」我繼續說。

「所以這又是在逃避物質類的苦了？」他很快反應過來。

「嗯，如果不是因為對於自身目前的存在狀態感到十分難以忍受，人們何必費盡心力想要讓自己成為另外一種存在呢？這豈不是多此一舉？」我回答。

「而禪定正是那個可以用來改變人們存在狀態的工具？」他試探性地問道。

「沒錯，禪定就是暫時地安住在某些覺知內容上。而因為覺知一次只會有一個內容，所以一旦覺知的內容被鎖定在禪定所緣上，那麼原先引起了苦受的內容在這段時間內也就自然不會生起了。」我回答，「這個道理就好像對付不斷哭鬧的嬰兒，只要你給他一個安撫奶嘴吸，他通常就很容易可以安靜下來是一樣的。」

「禪定就像—安撫奶嘴？」

「嗯，差不多就是這個意思。」

「只是改變了覺知的內容，苦就能獲得安撫嗎？」

「是啊，不然你以為那些善於長時間打坐的人怎麼就不怕會坐到腿痛了？」

「因為覺知的注意力已經從腿上移開？」

「沒錯，由於並沒有離開了覺知而能獨立存在的存在，所以任何事物如果沒有在覺知中生起，它就是不存在了。當色界定生起時，也就代表了眼、耳、鼻、舌、身這五識已經暫時停止生起，在這段時間內只剩下意識在生滅而已。換句話說，不只腿痛消失了，身體感官的五種物質類覺知也一併消失了。因此，在這之前你如果有任何由身體感官所引起的苦受，此時都會暫時地不再生起。」

「因為在色界定中，物質類的覺知已經暫時停止生起，打坐者的腿痛才消失了的？」

「不是喔，在色界定中暫時停止生起的只是身體感官的物質類覺知而已，但物質類的覺知仍然會在意識中生起的，只有在無色界定中，所有的物質類覺知才會完全停止生起。當你身處睡夢之中，不論我對你說些什麼，你也不再能夠聽得見，但你卻可以聽見夢中人物對你所說的話，對不對？」

「啊，這是千里眼與順風耳。」他大叫一聲。

「對，就是千里眼與順風耳，也有人把這又稱為天眼通與天耳通。因為在色界定中生起的物質類覺知不會受到身體感官的限制，所以其時間感與空間感才會與欲界截然不同。」我對他說，「正因為如此，淳于棼才會只是在欲界裡睡了一個午覺，就在色界裡當了大槐安國幾十年的南柯太守。」

「淳于棼？大槐安國？」他愣了一下，「你在說南柯一夢嗎？」

「嗯，就是南柯一夢。我想你應該也有做過夢吧？」我問道。

「我自然有做過夢，」他回答，「所以當我在睡夢中時，我就是身處在色界裡了？」

「當你在睡夢中時，你就是身處在低解析度的色界裡，而當你在色界定中，你就是身處在高解析度的色界裡，禪定與睡眠都是身心的一種休息狀態。」我向他解釋。

「那麼無色界定是不是就相當於──」他似乎想到了什麼。

「無色界定就相當於高解析度的無夢睡眠，」我替他把話說完，「但所謂無夢的睡眠其實也還是在夢境之中，只不過那是沒有畫面的夢境而已。只要核心概念仍然存活著，你就是身處在夢境之中。」

「即使我現在明明醒著，我也還是在夢境之中？」他一副不可置信的表情。

「誰說你現在是醒著的了，打從我見到你開始，你的眼睛連一次都還沒有張開來過呢。」我說，「雖然身處夢境之中的你難以察覺到自己正在做夢，可是你忘記莊周的懷疑了嗎？他到底是蝴蝶還是莊周呢？你忘記淳于棼的南柯一夢了嗎？他到底是大槐安國的螞蟻還是淳于棼呢？所以你到底是誰呢？」

「我到底是誰？」他眼神迷惘。

「是啊，你到底是誰？」我笑著說。

日落

at 6:30PM

天色漸漸變暗，紅色的夕陽沈到地平線下。戴德門為了一張死亡證明書已經盤問我整個下午，但他終究不可能真正知道我究竟是死是活，他只能想辦法搞清楚自己究竟是死是活而已。然而就像達摩一開始都不理會神光的理由一樣，戴德門也還沒有對謊言產生真正的過敏反應，所以這場對話差不多該隨著日落結束了。

「我真的只是一個—核心概念？」戴德門面無表情地說。

「這個問題應該要問問你自己吧，」我聳聳肩，「我怎麼會知道你是誰呢？」

「但我若要如實見到真實原本的樣子，卻又必須付出死亡作為代價嗎？」他半信半疑。

「當然了，難道你天真地以為在你從夢境中完全醒過來之後，夢中的角色還能夠繼續存活著嗎？核心概念與夢境可是生命共同體，核心概念存活著，夢境也就存活著，唯有核心概念完全粉碎了，夢境才會滅去。」我對他說，「沒有任何一個『我』能夠真正了解『無我』到底是什麼意思，你要嘛是個活人，要嘛是個死者，如此而已，真實與謊言就是在這裡分界的。」

「但核心概念只不過是一個概念啊。」他不服氣地說。

「夢境也一樣只是一個夢境而已，那麼為何你只不過是做了個惡夢就要掙扎到渾身大汗呢？」我問道。

「因為我不知道我是在做夢啊，我以為夢中所發生的一切都是真實的。」他脫口而出。

「正是如此，認知如果被視之為真，認知也就成了認定。謊言即使並非真正的真實，但它一旦被誤認成了真實，它就一樣會產生出實感。」我說，「而這個具有百分之百實感的夢境是以核心概念為中心建立起來的，也就是說，覺知的內容在轉換成認知的過程中都會經過核心概念的詮釋，所以在這個核心沒有完全粉碎之前，夢境又怎麼會滅去呢？」

當覺知因無明而沈睡時，
你在欲界的夢境中醒過來。

當你在欲界中沈睡時，

你又在色界的夢境中醒過來。

當你在色界中沉睡時，

你還是在無色界的夢境中醒過來。

你從一個夢境中醒過來，

隨即進入另外一個夢境，

而覺知——還在繼續沉睡。

——死者如是說

「可是就算我從此只能永遠待在夢境裡好了，那又如何？」他挑戰似地看著我。

「這沒有什麼問題啊，畢竟真實是不會犯錯的。如果你理應醒來，你就一定會醒來；如果你理應沉睡，你也一定會繼續沉睡。」我笑著回答，「只是我以為是你自己說，在尚未確認何者為真之前，你都不會停下尋找的腳步─你是這麼說的，沒錯吧？」

「呃─」他漲紅了臉。

「不過這也沒什麼關係，反正終有一天你會真正醒過來的，差別只是時間的早晚而已。因為覺知永遠都在，所以在你張開眼睛看見真實之前，你就是擁有無限的時間。」我說，「夢境就好比一具大到看不見邊際的樂透搖獎機，搖獎機裡面隨時都有無以計數的彩球，而其中只有唯一一顆名為醒過來的中獎彩球，因此只要你一直搖、一直搖，遲早有一天那顆名為醒過來的中獎彩球就會自己掉出來了。只是，由於因果定律是沒有任何誤差的，所以在最後的果出現之前，因也必須具足才行。」

「因也必須具足？」他還是不懂。

「對，醒過來的因必須具足，醒過來的果才會出現。」我回答。

「但是醒過來的因到底要怎樣才會具足啊？」他一臉不耐煩。

「簡單講，由於夢境是由謊言所構成，所以只要所有的謊言全部滅去了，你自然就會醒過來。」我回答。

「那我又怎麼知道謊言是不是真的已經全部滅去了呢？」他說。

「你自然會知道，因為謊言全部滅去了的瞬間，也正是死亡在你身上發生了的瞬間，當死亡在你身上直接發生了時，你又怎麼可能會不知道呢？」我回答，「當我一刀把你的左手臂給砍下來時，你難道會不知不覺嗎？」

「這個——」他皺了一下眉頭。

「不過是失去一條左手臂，你的世界就已經天搖地動，更遑論要失去所有了。死亡是你有生以來所會遭遇的最大失去，再也沒有任何一種失去能夠比這個更為巨大。這可不是肉體的死亡而已，而是你之所以為你的本質毫無保留地灰飛煙滅，從此不再存在。」我說，「假使你沒有氣量接受這樣完全的真實，完全的真實也就不會在你面前如實顯現。因為夢境能夠提供你數之不盡用來逃避真實的藉口，所以只要你有一絲一毫猶豫，真實就不會顯現了。」

戴德門陷入一陣沉思。

「那麼即使失去所有也要如實見到真實的意義又在哪裡呢？」他不解地說，「如果那個一心一意想要見到真實的人，註定在見到真實的一刻就會灰飛煙滅，這豈不是太滑稽了嗎？」

「從核心概念的角度來看，這的確十分滑稽。對一個一心一意只是想要在夢境中睡得更安穩的人來說，醒過來當然是一件十分滑稽的事。」我說，「本來就只有那種對夢境本身已經產生嚴重過敏反應的人，才會不以身為身，不以命為命，拼死地掙扎啊。」

「拼死地掙扎？」他吞了一口口水。

「沒錯，不自由毋寧死。」我回答，「所以這種人到最後自然也就求仁得仁了。」

「求仁得仁？」他睜大眼睛。

「嗯，這種人到最後自然也就只好死了啊。」我笑著說，「你今天來的目的不就是要替我開一張死亡證明書的嗎？」

「喔——」他呆住。

「根據一整個下午的調查，你現在判斷我是個活著的人，還是已經死了呢？」我問道。

戴德門直愣愣看著我。

「唉，」他嘆了一口氣，「我也搞不清楚了。」

「那就等你搞清楚了，再告訴我吧。」我踏著輕鬆的腳步慢慢走開。

國家圖書館出版品預行編目（CIP）資料

東告雨的蝴蝶夢：死者如是說 / 東告雨著. -- 初版.
-- 新北市：大喜文化, 2019.09
面；　公分. -- (喚起；30)
ISBN 978-986-97879-4-9(平裝)

863.57　　108013415

喚起 30

東告雨的蝴蝶夢：死者如是說

作　　者：東告雨
編　　輯：謝文綺
發 行 人：梁崇明
出 版 者：大喜文化有限公司
登 記 證：行政院新聞局局版台省業字第 244 號
P.O.BOX ：中和市郵政第 2-193 號信箱
發 行 處：23556 新北市中和區板南路 498 號 7 樓之 2
電　　話：02-2223-1391
傳　　真：02-2223-1077
E-Mail：joy131499@gmail.com
銀行匯款：銀行代號：050　帳號：002-120-348-27
　　　　　臺灣企銀　帳戶：大喜文化有限公司
劃撥帳號：5023-2915，帳戶：大喜文化有限公司
總經銷商：聯合發行股份有限公司
地　　址：231 新北市新店區寶橋路 235 巷 6 弄 6 號 2 樓
電　　話：02-2917-8022
傳　　真：02-2915-7212
出版日期：2019 年 9 月
流 通 費：新台幣 350 元
網　　址：www.facebook.com/joy131499
I S B N：978-986-97879-4-9